Smôc
Gron Bach

EIRUG WYN

I Mam
ac er cof am 'Nhad ac Eleri

PENNOD 1

ROEDD o'n glamp o ddyn pan oedd o'n sefyll neu'n cerdded, ond ar gefn ei ferlen roedd Richard Williams y Foel yn gawr. Er ei fod bellach ar drothwy'r trigain oed, roedd o'n dal yn gyhyrog, yn gryf ac yn iach. Roedd llafur cyson, caled deugain a phump o flynyddoedd ar lethrau'r Foel wedi cadw'i gorff yn ystwyth a heini. Gellid gweld yr ysgwyddau llydain, a chyhyrau'i freichiau drwy'r crys ysgafn a wisgai'r bore hwn wrth arwain Taran i lawr y mynydd tuag at Goed Crychlyn.

"Whôôô . . . Wôw . . . Taran fach . . ."

Tynhaodd fymryn ar yr awenau. Roedd y llygaid duon wedi sylwi ar rywbeth ar gwr y goedwig.

"Helô!" gwaeddodd. "Pwy sy 'na?"

Ni ddaeth ateb.

Dyna ryfedd, meddyliodd. Buasai'n taeru iddo weld rhywun yn cerdded tuag ato o dywyllwch y goedwig. Fe groesodd ei feddwl i ddychwelyd i'r Foel a nôl Alun y mab, ond yna chwarddodd. Diawch! Rhaid ei fod yn mynd yn hen os oedd o'n ofni cysgodion! Rhaid mai haul cynta'r bore oedd yn chwarae triciau â'i lygaid.

"Tyrd!" Cliciodd ei dafod ddwywaith. Dyma'r arwydd i Taran symud ymlaen, ond ni syflodd y gaseg. Yn hytrach ffroenodd yr awyr a gweryrodd.

Estynnodd yntau ei law ac anwesu gwddw'r

anifail.

"Whôô . . . Taran fach . . . be sydd? Be sy matar?"

Craffodd drachefn i gyfeiriad y coed.

"Helô!?" gwaeddodd drachefn. "Pwy sy 'na?"

O'r coed gwelodd ŵr yn dynesu ato. Roedd wedi'i wisgo mewn du i gyd. Doedd ganddo ddim rheswm dros wisgo cymaint o ddillad trymion a hithau'n fore mor braf o haf ychwaith.

"Cerdded dach chi?"

Fel y dynesai'r gŵr, gwelai Richard Williams mai dieithryn oedd. Gwelodd hefyd ei fod yn cario darn o bren. Ceisiodd unwaith eto.

"Are you going walking?"

Gwenodd y gŵr arno, a phwyntiodd at ei geg. Gollyngodd Richard ochenaid o ryddhad. Doedd o ddim cweit yn esmwyth yng nghwmni'r dieithryn, ond tybiai yn awr mai mudan ydoedd. Dychwelodd y wên, a disgynnodd o'i gyfrwy. Estynnodd ei law.

"Richard Williams, I own . . ."

Ni chafodd ddweud rhagor. Roedd llaw dde'r dieithryn wedi codi'r pastwn a daeth i lawr yn greulon ar wegil y ffarmwr. Disgynnodd hwnnw'n swp i'r llawr. Gweryrodd Taran yn nerfus. Edrychodd y gŵr o'i amgylch a gwenodd.

Llusgodd y ffarmwr i gysgod y coed, a rhoddodd ef i orwedd â'i wyneb i waered ger stwmp o foncyff a wthiai drwy'r mieri ym môn darn o glawdd. Anelodd unwaith â'r pastwn eto a thrawodd Richard Williams yn galed ar ei ben.

Byddai sŵn pren ar gnawd yn nhawelwch y bore bach wedi troi ar sawl un, ond gwenu wnaeth y gŵr mewn du. Gwenu, a rhedeg yn ei ôl drwy'r goedwig. Rhedeg a chroesi'r caeau at lôn Y Foel. Rhedeg i lawr honno gan osgoi'r pentre. Dal i redeg nes cyrraedd y fan lle gadawodd ei foto-beic. Gwthiodd y pastwn i'w fag lledr ac wedi cicio bywyd i'r peiriant, estynnodd ei helmed a sgrialodd i lawr y lôn droellog nes cyrraedd y briffordd.

Wedi teithio milltir dda, arhosodd gerllaw ciosg ar ochr y ffordd. Aeth iddo, ac wedi estyn darn o bapur o'i boced gwasgodd bum darn punt i grombil y bocs. Edrychodd ar y papur a phwysodd y botymau fesul un yn ofalus. Ymhen peth amser clywodd lais yn ateb y pen arall.

"Woodlands!" meddai'n glir i'r derbynnydd.

"Woodlands!" meddai'r eildro cyn gosod y derbynnydd yn ôl yn ei grud. Syrthiodd dwy bunt yn ôl i'r cafn. Gafaelodd ynddynt, ac wedi'u rhoi yn ei boced aeth yn ôl at ei foto-beic.

Tynnodd y pastwn o'r bag, ac wedi ei lanhau yn y glaswellt ger y ciosg, gwthiodd ef i fôn y clawdd a'i guddio. Wrth sbarduno oddi yno, roedd o'n dal i chwibanu'n ysgafn.

* * *

O edrych ar y stryd o bell, gallech daeru mai darlun ydoedd a dynnwyd gan blentyn ym mlynyddoedd cynnar yr ysgol gynradd – pedwar tŷ mewn rhes, gyda dwy ffenest lofft, ffenest barlwr i lawr y grisiau, a drws ffrynt i bob un. Roedd hanner can llath dda o ardd gefn yn perthyn i'r pedwar, gardd betryal, a rhyw fath o gut ym mhen draw pob un. Tu hwnt i'r cutiau, nid oedd ond ehangder maith a noeth Mynydd Crychlyn, gyda dotiau gwynion o ddefaid wedi hau eu hunain yn flêr yma ac acw rhwng y llwyni llus a'r creigiau.

I'r chwith o'r tai, ac yn beryglus o agos at Rif Un, roedd ffens derfyn Stad Ddiwydiannol Crychlyn, a lôn ddeuol newydd sbon danlli yn cysylltu'r stad â'r briffordd ogleddol.

I'r dde o'r tai, roedd Coed Crychlyn. Milltir sgwâr o nefoedd i blant a chariadon a cherddwyr ymhob tywydd ac am a boenai'r perchen, Dic y Foel, câi unrhyw un fynd a dod yno fel y mynnai.

O flaen y gerddi ffrynt, roedd decllath o dir wast lle parciai'r trigolion eu ceir, a chyda thalcen Rhif Pedwar cychwynnai'r ffordd gul a serth oedd yn arwain y cwta hanner milltir i lawr i bentre Crychlyn. Doedd ryfedd felly i'r pedwar tŷ gael eu bedyddio yn 'Crychlyn Uchaf' a'r ffordd a arweiniai atynt yn 'Lôn Gul'.

Heddiw, fodd bynnag, gan danbeited y gwres, byddai angen artist go ddawnus i dynnu llun y tai pan oedd haul poeth y dydd yn araf oeri tua'r gorllewin, ac yn cochi ffenestri'r tai yn bowld i gyd. Roedd o fel petai o'n mynnu atgoffa'r trigolion o glwyfau eu bywyd beunyddiol drwy sblashio gwaed hyd ffrynt eu tai, a'r gwaed hwnnw yn araf geulo fel y diflannai'r haul dros y gorwel.

Ond doedd y rhan fwya o breswylwyr Crychlyn Uchaf yn poeni'r un ffeuen am na machlud, na chlwyf na cheulo. Roedden nhw wedi gweld y cyfan ganwaith o'r blaen a doedd dim rhamant na lledrith yn perthyn iddo.

Yr unig eithriad efallai, oedd Thomas Ellis. Yng nghegin loyw Rhif Pedwar, cododd yn ofalus o'i gadair a thwtio'i glustog. Cerddodd yn araf a phwyllog i'r gegin gefn, ac estyn am ei ofarôls a hongiai ar fachyn tu cefn i'r drws. Roedd o'n gorfod newid yn y gegin gefn, rhag ofn i lwch lli neu sglodyn ddisgyn ar garped y gegin ganol neu ar leino'r cyntedd, neu yn waeth, yn unrhyw le y sylwai llygaid barcud Martha Ellis arnynt.

Wedi pymtheng mlynedd ar hugain o fywyd priodasol, roedd Tom wedi dysgu anwybyddu pob sylw o eiddo'i wraig am lendid.

Dystar a thùn o *Pledge* oedd arfogaeth ddyddiol Martha Ellis, ac ni fu erioed dwlpen bum troedfedd brysurach. Taerai Tom fod Martha'n rhag-weld lle y byddai llwch yn debygol o ddisgyn, ac y byddai yno gyda'i dystars yn disgwyl amdano. Ond nid dyna'r rheswm y byddai Tom yn codi o'i gadair ar fachlud haul, yn gwisgo'i ofarôls ac yn mynd am awr neu ddwy i'r gweithdy.

"Dwi'n mynd i wneud rhyw awr neu ddwy ar y joban nesa," gwaeddai wrth gau'r drws cefn ar ei ôl.

Ond roedd chwarter awr cynta y joban honno yn digwydd union ddeg troedfedd ar hugain o riniog ei aelwyd. Wedi camu i'r awyr iach, oedai Tom a phwysai ar y ffens bren a godasai yn unswydd, meddai rhai, i rowlio smôc ac i edrych tua'r gorwel.

Yn y munudau hyn, roedd amser yn aros yn stond i Tom. Wedi'r ddefod o lunio llinyn tew brown ar ei bapur *Rizzla*, a rhoi llyfiad sydyn â blaen ei dafod i gaethiwo'r baco yn ei smôc, roedd yn amser am y taniad cynta. Ni syflai ei lygaid o ryw smotyn an-weledig filltiroedd lawer draw. Yr unig arwydd o fywyd o'i gwmpas oedd ambell gwmwl o fwg a, phan grwydrai'i feddwl at Gron Bach, gloywai'r llygaid am ennyd a deuai hunllef y nosweithiau enbyd hynny i gof. Ond dysgasai Thomas Ellis felysu hyd yn oed y profiad o golli'i fab. Roedd fel petai yn gwthio'r atgofion pleserus i gyd i'w isymwybod a, phan alwai'r rheini yn ôl i frig ei gof, roeddynt yn felysach ac yn burach bob tro.

Weithiau, yn anymwybodol iddo'i hun, byddai ei fysedd yn rhowlio ail sigarét, a thaniai honno oddi ar stwmp y gynta. Roedd o erbyn hyn yn amseru'r hel meddyliau. Pan fyddai tân ei sigarét ola yn beryglus o agos at ei wefus, cymerai Tom un swalo arall, cyn gwasgu'r llwch eirias yn ddim rhwng ei fys a'i fawd. Poerai'r blewyn ola o faco o'i geg, sythai, tynnai anadl ddofn a cherddai'r chwarter milltir i lawr y lôn at ei weithdy.

'THOMAS S. ELLIS, Saer Coed ac Ymgymerwr Angladdau' oedd ar yr arwydd pydredig ar dalcen y gweithdy, ond Cwt Tom Bach Saer oedd o ar lafar gwlad. Pan drodd ei law at wneud eirch, fe'i bedyddiwyd yn syth gan hogia'r Leion yn Tom Stiffs ond, pan welodd mynychwyr y Leion arch Gron Bach, bu farw'r enw hwnnw hefyd.

Cwt cadarn o goed a sinc oedd ei weithdy, ac ar wahân i'r llwch lli a'r sglodion oedd wastad fel dail yr hydref ar lawr, roedd y cwt bob amser yn daclus a phob erfyn yn loyw lân. Roedd lle i bob twlsyn a phob twlsyn yn ei le, a'r rhan fwya o'r rheini yn y cwpwrdd clyfar a wnaethai Tom iddo'i hun. Ymestynnai hwnnw o un pen y gweithdy i'r llall gyda dorau llithro yn cau ac yn cloi ar ei arfau. Yr ochr arall i'r gweithdy, roedd y peiriannau trymion – y turniwr, y lli gron, a'r plaeniwr trydan. Draw yn y pen pella, roedd ei fainc yn cymryd hanner y talcen ac, yn y gornel, roedd y stof, gyda pheipen ddur bedair modfedd yn simdde iddi, a honno'n gwthio droedfedd dda drwy do'r gweithdy. Hon gadwai'r cwt yn ddiddos yn y gaeaf, a ffynhonnell ei gwres fyddai'r miloedd darnau pren sbâr fyddai'n hel yn araf bach y tu allan i'r cwt gydol y flwyddyn. Hon hefyd a doddai'r pyg tyrpant a ddefnyddiai Tom Bach Saer i leinio'i eirch.

Yng nghefn y cwt, ac ar silffoedd ar draws y trawstiau, roedd coed. Coed, coed a mwy o goed. Pob darn wedi ei ddewis yn ofalus, yn sychu, ac yn aros ei dro i drwsio drws neu ffenest, i wneud cwpwrdd, neu silff, neu arch. Dyna'r peth cynta fyddai yn taro dieithryn neu gwsmer neu gyfaill a alwai yn y cwt. Yr arogl. Arogl coed.

"Mi wna i awr fach ar y joban nesa," mwmianodd wrtho'i hun.

Y 'joban nesa' fyddai paratoi arch. Byddai Tom, er brysured oedd, wastad ar hanner gwneud arch – jyst rhag ofn. Doedd ganddo ddim amynedd o gwbl gyda'r eirch parod.

"Coed *Weetabix*! Run fath â dodrefn *MFI*!" fyddai ei sylw ar y catalogau sgleiniog a gyrhaeddai'r gweithdy o bryd i'w gilydd.

Hanner ucha'r drws deuddarn oedd ffenest Tom i weld y byd ac, os clywai sŵn olwynion cerbyd neu bâr o sgidiau ar y metling y tu allan, mi fyddai'r pen yn codi ac yn edrych dros ei sbectol drwy'r drws. Byddai'n codi llaw ac yn gweiddi "Helôôô" yn ddieithriad, yna'n gwyro'i ben, ac yn cario 'mlaen â'i waith. Efallai fod Cwt Tom Bach Saer yn agored i'r byd, a'r byd yn galw heibio iddo, ond mi roedd y byd yn gorfod sylweddoli nad oedd dim i fod i amharu ar waith Tom Bach Saer, doed a ddêl.

Daeth cysgod i'r drws.

"Helow! Tom?"

Cododd Tom ei olygon, a gwelodd Padi yn llenwi'r drws.

"Tyrd i mewn, Padi."

Doedd Patrick Methuselah Trinkett ddim yn edrych fel darlithydd mewn Cyfrifiadureg, a doedd o ddim yn edrych fel Cymro 'chwaith. Sais oedd o yn ôl tystiolaeth ei dystysgrif eni, ond hanner Gwyddel, a Sais goleuedig yn ôl safonau Tom.

Cwta ddwy flynedd oedd yna er pan symudodd o Lerpwl i Brifysgol y Gogledd ac, yn ystod y misoedd cynta, bwriodd ati i ddysgu Cymraeg ac, erbyn hyn, roedd o'n rhugl.

Petai Tom am ddisgrifio Padi mewn un frawddeg, mi ddywedai rywbeth i'r perwyl ei fod yn llipryn main, tal, hefo dannedd cwningen, plorod a sbectol pot-jam. Petai o'n ychwanegu brawddeg arall am ei fop o wallt cringoch, siwt o frethyn cartref trwm a welsai flynyddoedd o draul, a'i draed seis twelf, dyna Padi, ddeg ar hugain oed wedi ei ddal i'r dim.

Mi fyddai Padi hefyd yn medru rhoi'r argraff fod yna ychydig o ddiniweidrwydd yn perthyn iddo, ond argraff yn unig ydoedd. O'r foment yr aeth Tom i'w groesawu i Rif Dau fel y tenant newydd, roedd Tom wedi hoffi Padi, a Phadi wedi ymdoddi orau gallai i Grychlyn Uchaf.

" 'Ti'n g'neud *a bit* ar y joban nesa?"

Gwenodd Tom.

"Cweit reit, Padi . . . 'canys ar yr awr ni thybioch . . .' "

Cododd ei ben, fel pe bai'n gofyn cwestiwn. Oedodd Padi, fel pe bai ei feddwl yn chwilio rhyw gilfachau.

"Hwnna'n dod o'r Beibl," meddai.

"Da iawn boi!"

Aeth Padi i'w ges lledr. Estynnodd lyfr.

" 'Ti'n cofio ti'n sôn am Gwen Tŷ Nant? Dwi wedi galw ar ffordd adre yn llyfrgell . . . a ca'l llyfr – *Cerddi Cynan*."

Roedd Tom wrth ei fodd, a dangosodd hynny drwy roi'r gorau i'w waith, a chamu at Padi a chymryd y llyfr oddi arno. Roedd hi'n amlwg fod Padi ac yntau yn mwynhau'r seiadau hynny.

" 'Na i ti ddyn oedd Cynan, Padi! Wsti be . . . ?"

Hedodd ei feddwl yn ôl i'r stori honno a glywsai yn Steddfod Caernarfon. Edrychodd yn frysiog ar y mynegai, a throdd ddalennau'r llyfr.

"Mae gwybod cefndir cerdd yn bwysig weithia i'w dallt hi 'sti. Cym'ra di hon rŵan . . . 'Yr Eira ar y Coed.' Wyddost ti mai mewn gwely y cyfansoddodd Cynan y gerdd yma? Ac yn fwy na hynny . . ."

Gostyngodd ei lais ac edrych tua'r drws agored, fel pe bai am wneud yn siŵr nad oedd neb arall yn gwrando.

". . . mi glywais i pwy oedd yn y gwely hefo fo hefyd!"

Chwarddodd yn uchel a winciodd ar Padi.

"Pan fyddi di'n darllen honna, cofia am y cefndir. Wannw'l Dad! Un o delynegion gora'r iaith, ngwash i, a honno wedi'i sgwennu wrth garu . . ."

Er fod y llyfr yn agored o'i flaen, doedd dim rhaid iddo edrych ar y geiriau.

" 'Ond wedi'r iasau hirion Yn f'enaid byth arhoed Atgof un cusan tirion Fel eira ar y coed . . .' Wannw'l! Mae o'n mynd â dy wynt di, Padi, yndi wir Dduw, mae barddoniaeth go iawn yn mynd â dy wynt di, 'sti!"

A phan fyddai Padi yn clywed Tom Bach Saer yn dyfynnu neu yn egluro darn o farddoniaeth, mi fyddai yntau yn rhyfeddu. Rhyfeddu a dotio'n bennaf at y dyn bach di-addysg oedd wedi darllen mor eang, ac fel pe bai yn deall pob peth.

Roedd wedi codi copi o *Cerddi Cynan* ar ôl gwrando ar Tom yn adrodd 'Mab y Bwthyn', ac roedd o wedi dotio, nid yn gymaint at ddehongliad Tom Bach, ond at y modd yr aeth ati i egluro'n fanwl iddo bob llinell, pob trosiad, pob cyffelybiaeth. Ni allai fod wedi cael amgenach athro. Roedd o wedi creu yr awydd ynddo i ddarllen ac ailddarllen.

Trodd Tom Bach yn ôl at ei joban, ond roedd y sgwrs yn para.

"Mi fûm i'n dysgu wrth draed Cynan 'sti."

"Do'n wir?"

"Duw do. Mi fûm i'n canlyn un o'i ddosbarthiadau nos o am flynyddoedd . . ."

"Sut ddyn oedd o?"

"Bychan bach . . . a tew fel casgian! . . . rhwbath tebyg i mi! Ond 'rarglwydd, roedd gynno fo lais. Bron na faset ti'n clywed tonnau Aberdaron yn clecian bob tro'r agorai'i geg i ddeud rhywbath. Llais bâs dwfn, rhywbath fel hyn yli . . . 'Ni wn u am uuun cyfarchuad gwell Nag a ddysgauuus gan feubuuuuon y Dwyrauuun pell . . .' "

Rhuai'r geiriau o'i enau, ac ni allai Padi lai na gwenu wrth wrando ar yr efelychiad. Rhoddodd y llyfr yn ôl yn ei ges.

"Fyddwch chi adre 'munud?"

" 'Mhen rhyw awr."

"Pam na ddowch chi a Martha draw am paned?"

"Os bydd Martha 'di gorffen llnau yntê?"

Edrychodd drwy gil ei lygad ar Padi. Chwarddodd hwnnw. Roedd Padi yn ymwybodol o brysurdeb dystar Martha Ellis hefyd.

* * *

Brasgamai Padi i fyny'r allt tua Rhif Dau, Crychlyn Uchaf. Roedd arogl y côl-tar yn dal i godi o'r ffordd fawr, a gwyddai fod y triagl du yn glynu yn ei esgidiau wrth iddo ddynesu am ei gartref. Oedodd am ennyd wrth ffens Tom Bach Saer i gael ei wynt ato, ac i edrych i'r gorwel. Ceisiodd orau gallai sychu'r côl-tar o'i esgidiau cyn pasio drysau Rhif Pedwar a Rhif Tri, ac agor drws ei dŷ ei hun.

Moel a llwm oedd y tu mewn i Rif Dau er i'r Cynghorydd Winstone Mason, Rhif Tri, ddisgrifio'r eiddo fel *'Fully Furnished'* yn yr *Herald*. Mae'n wir fod yno wely a wardrob, bwrdd, dwy gadair galed a chadair esmwyth ond, ar wahân i hynny, rhyw fân betheuach a brynasai Padi oedd gweddill y dodrefn. Doedd yr eiddo ddim wedi ei baentio na'i bapuro ers cryn ddeng mlynedd ac roedd Padi, er ei fod yn talu'i rent yn fisol-ddeddfol, yn dal i ddisgwyl cytundeb ffurfiol gan ei landlord.

Roedd meddwl Padi yn ôl yng ngweithdy'r saer bach. Roedd o wedi hoffi Tom o'r foment y'i gwelodd, a fo a Martha Ellis oedd y cynta i alw yn Rhif Dau i'w groesawu yno, ac i'w wahodd draw am swper. Ar ôl sgwrs y noson gynta, roedd Padi wedi tynghedu i ddysgu Cymraeg, ac aeth ati'n awchus dan gyfarwyddyd un o'i gyd-ddarlithwyr yn y Coleg.

15

Estynnodd y tùn *Ovaltine* a phaced o *Marie Biscuits* o'r cwpwrdd a gwnaeth ddiod boeth iddo'i hun. Aeth â'r cyfan, ynghyd â'i lyfr newydd a phensel, at y gadair esmwyth oedd ger ffenest y gegin gefn. Setlodd i lawr i ddarllen, yfed a mwynhau. Yn ysbeidiol, estynnai'r bensel a thanlinellai ambell frawddeg, air neu ymadrodd. Fe gâi Tom egluro'r rheina iddo eto. Bu yno â'i ben yn y llyfr am awr gron. Unwaith yn unig y cododd ei ben, a hynny pan glywodd yr hen wraig bowld honno oedd yn byw yn Rhif Un yn gweiddi ar ei mab.

* * *

"Y mochyn budr!"

O enau Magi Sent y daethai'r frawddeg, ac roedd y geiriau wedi eu hanelu at Robat John, ei mab. Er ei bod hi ddeugain mlynedd yn hŷn na'i ddeugain mlynedd ef, roedd ei thafod mor finiog â rasel Arwyn Barbar.

"Mae dy dronsia di'r un lliw â brestia ffesant!" llefodd drachefn, gan daflu deubar staenllyd i safn agored yr *Hoover Logic*.

Magi Sent oedd piau Siop y Pentre, a hi a'i mab Robat John a redai'r fasnach.

Doedd hi ddim yn anodd dychmygu o gwbl o ba le y cawsai ei henw – roedd hi'n bowdr ac yn baent i gyd, ac yn drewi o ogla sent. Ond ogla ar ben ogla oedd o mewn gwirionedd, oherwydd doedd Magi ddim y lanaf o ferched dynion. Yn gymysg â'r gacen golur a guddiai rychau ei hwyneb, roedd haenau wythnosau lawer o faw hefyd, ac roedd y powdr melyn-frown yn cael ei blastro yn anghynnil reit at odre'r *wig* dryfrith a eisteddai yn anhapus a cham ar ei chorun. Yr un fyddai ei dillad o un pen wythnos i'r llall – blows, a fu unwaith yn flows wen, a sgert nefi blw. Pan groesai'r rhiniog, roedd hi wastad yn gwisgo sgidiau *patent* glas, côt goch a bag llaw du.

O ran pryd a gwedd, ni bu llo tebycach i Robat John. Roedd o wedi etifeddu gên anferth ei ddiweddar dad, ac roedd honno'r rhan fwya o'r amser yn codi ac yn gostwng gan hen arferiad o gnoi gwm. Roedd croen ei wyneb yn llyfn ac yn dynn fel croen afal. Doedd o erioed wedi shafio.

"Rhwbath yn matar ar 'i hormons o." Dyna ddeudodd Magi Sent wrth rywun, rywdro.

Byddai o hyd yn gwisgo'r un trowsus. Trowsus melfaréd tywyll, sgidia brown a chrys sgwaria bach o dan ei bwlofyr-gwddw-picwarch. Ond doedd gwendidau a chryfderau Robat John ddim oll ar yr wyneb. Rhy hawdd oedd mesur ei hyd a'i led ar yr edrychiad cynta, neu ar ei sgwrs gynta. Rhy hawdd oedd gwneud camgymeriad dybryd hefyd.

Edrych fel llo ar ei fam ddaru o pan ddaeth y cerydd am stad ei dronsia. Doedd dim rhaid iddo ddweud dim. Dyma fuodd y drefn yn Rhif Un bob dydd Gwener ola'r mis pan fyddai Magi Sent yn golchi. A'r un fyddai ei ateb yntau.

"Dwi'n mynd i wneud ordor Jac Tatws."

"Mi fasa'n rheitiach i chdi fynd i dorri gair hefo'r Sais 'na drws nesa . . . Duw ŵyr bod angen 'chwanag o gwsmeriaid arnon ni, a tydi o ddim wedi t'w'llu'r siop 'cw ers misoedd."

"Hannar Gwyddal ydi o meddan nhw, ac eniwe mae o wedi dysgu Cymraeg."

"Sais ydi Sais – chei di fyth stalwyn allan o gyw asyn . . ."

Ac aeth stad tronsia Robat John yn angof ynghanol y mân siarad dibwrpas oedd mor nodweddiadol o'r ddau. Pan âi'r siarad hwnnw'n ormod iddo, byddai Robat John yn mynd i'r cwt colomennod ym mhen draw'r ardd ac, o fewn deng munud i ffrae'r tronsia, roedd o yno yn y lled dywyllwch yn hel meddyliau. Dyma'r un lle y câi lonydd gan ei fam.

Hwn oedd cwt ei gyfrinachau. Roedd ganddo gist bren anferth yma a chlo clap arni, ac roedd yr allwedd bob amser ynghlwm wrth ei felt. Agorodd y gist yn awr, a syllodd ar ei chynnwys. Dau bentwr o gylchgronau dynion. Y pentwr lleia yn rhai ffïaidd a gawsai drwy'r post o Sgandinafia, pâr o finociwlars cryfion, nifer o lythyrau, llyfrau a phapurach personol, a'i focs pres. Roedd clo ar hwnnw hefyd, ac roedd tua mil a hanner o bunnau ynddo.

Ni wyddai ei fam ddim oll am y bocs pres na'i gynnwys. Gwenu iddo fo'i hun wnâi Robat John wrth feddwl am ei gyfrinachau, ond yna âi iasau i lawr ei asgwrn cefn weithiau wrth iddo gofio sut y cawsai'r pres.

Estynnodd ei finociwlars ac aeth i ben pella'r cwt. Eisteddodd ar yr astell ac edrychodd drwy'r binociwlars i gefnau tai Crychlyn Uchaf. Doedd dim modd gweld i mewn o gwbl drwy ffenestri Rhif Pedwar. Roedd Martha Ellis, er yn glanhau ei ffenestri yn ddyddiol, yn gofalu fod net wen yn gorchuddio pob modfedd ohonynt.

Symudiad! Roedd y Sais drws nesa yn eistedd wrth y ffenest yn darllen. Y mochyn! Roedd o'n pigo'i drwyn ac yn fflicio'r grolis ar y carped! Symudodd yn araf at ei hoff ffenest – ffenest llofft Tracey Rhif Tri. Âi ar ei lw weithiau y byddai Tracey yn rhoi sioe bersonol iddo, oherwydd mi fyddai'n aml yn dadwisgo yn ffenest ei llofft, ond roedd Robat John wedi edrych ar ei gwt colomennod o bob cyfeiriad posibl, ac fe wyddai nad oedd modd i neb ei weld o. Ar y funud fodd bynnag, roedd ystafell wely Tracey yn wag. Ust! Draw un ffenest . . . roedd rhywun wedi cilagor ffenest bathrwm Rhif Tri ac wrth y sinc yn ymolchi. Troes y gorfoledd yn siom pan gafodd gip ar frest flewog Winstone Mason. Roedd o'n shafio.

* * *

Rasel *Gillette* newydd oedd yn llaw y Cynghorydd Winstone Mason, Rhif Tri, ac roedd honno newydd roi ei llyfiad ola i'w dagell. Rhedodd ei fys ar hyd yr un llwybr yn union i gadarnhau i ail lafnwaith y dydd fod yn llwyddiannus.

"Perffaith!" meddai wrth ei lun yn y drych, gan nodio'i ben arno'i hun. Gwnaeth gwpan â'i ddwylo a chododd ddŵr oer i olchi'i wyneb yn lân. Estynnodd y botel ddrud o *Après Rasage* a gawsai ar yr awyren ar y ffordd adre o Ffrainc y flwyddyn cynt ac, wedi sblashio'r dafnau yn ofalus ar gledr ei law, rhwbiodd ei ddwylo ynghyd cyn peltio'i fochau a'i wddf â'r hylif poeth. Wannwyl! Roedd yna ogla da arno! Edrychodd unwaith eto yn y drych, dim ond gwisgo'i grys a'i dei, ac roedd yn barod yn awr i wynebu'i swper, tafod Harriet a stranciau Tracey.

Ystyriai'r ddwyawr gwta a dreuliai gartref rhwng

gwaith beunyddiol a dyletswyddau cyhoeddus fel artaith a chosb oddi uchod am y prynhawn hwnnw, ddeunaw mlynedd yn ôl, pan gafodd sesiwn garu nwydwyllt gyda Harriet Parry yn nhas wair Tŷ Mawr. Weithiau, roedd i bleserau a chwantau'r cnawd oblygiadau pellgyrhaeddol.

Roedd y blynyddoedd diweddar wedi bod yn faterol garedig wrth y Cynghorydd Mason, ond doedd o ddim wedi datgelu hynny'n gyhoeddus o gwbl. Mae'n wir iddo fo, Harriet a Tracey gael sawl gwyliau dramor, ond y fo oedd yr unig un a wyddai mai Sammy Brothers oedd piau'r *villas* yn Sbaen ac ym Mhortiwgal, a bod llond amlen o *besetas* ac *escudos* yn aros amdano yn y ddeule. Ond doedd dim owns o euogrwydd yn ei groen. Roedd o wedi bod yn ddarbodus iawn wrth wario'r incwm ychwanegol a gawsai dros y blynyddoedd.

Doedd o ddim wedi prynu car newydd ers degawd, ond fe lwyddodd i brynu Rhif Pedwar dan drwyn Tom Bach Saer, a chael bod yn landlord newydd arno fo a Martha'i wraig; a phan fu farw John Gwynfor, Plisman Plant, roedd o wedi prynu Rhif Dau hefyd, ac wedi talu deng mil o bunnau mewn arian sychion i frawd John Gwynfor am y tŷ. Cwta bythefnos ar ôl ei brynu, rhoddodd hysbyseb yn yr *Herald* am denant newydd i Rif Dau ac, o fewn deuddydd, roedd Padi ac yntau wedi dod i delerau.

Ac yntau bellach yn tynnu am ei hanner cant, roedd bron yn barod i newid gêr. Roedd yn ei fryd a'i fwriad, pan fyddai'r amser yn addas, i adael Rhif Tri, gwerthu'r tri thŷ a chodi tŷ newydd iddo'i hun ac ymroi yn llawn amser i'w ddyletswyddau fel cynghorydd. Roedd yr etholiadau sirol ymhen y flwyddyn, ac roedd sôn bod Bob Jôs Cownsil yn ymddeol. Pe câi o fod yn gynghorydd sirol yn ogystal â chynghorydd dosbarth, byddai ei gwpan yn llawn.

Ymbalfalodd yn y cwpwrdd tanc.

"Harriet!? Lle mae 'nghrys glas â streips i?" gwaeddodd i lawr o ben y grisiau.

Bu oediad nes daeth yr ateb.

"Heb ei smwddio eto . . . gwisga'r un gwyn neu'r un pinc. A phaid . . . â bod yn hir . . . mae bwyd yn barod."

Gwisgodd Winstone ei grys a'i dei yn ofalus. Efallai bod ôl traul ar ambell grys neu drowsus o'i eiddo ond, waeth beth arall ddywedai neb amdano, roedd o bob amser yn lân a thrwsiadus mewn pwyllgorau. Wedi gofalu bod cwlwm ei dei yn syth, rhedodd ei law unwaith eto hyd groen llyfn ei wyneb cyn mynd i lawr y grisiau.

Roedd Tracey eisoes wrth y bwrdd yn sglaffio brechdan.

"Fedri di ddim aros nes bydd pawb wrth y bwrdd?"

"Jyst â marw isho bwyd."

"Eticet. Ma' isho i chdi ddysgu eticet . . . Sut mae'r gwaith yn dod ymlaen?"

Oedodd Tracey am eiliad cyn ateb. Doedd hi ddim yn siŵr iawn a oedd hyn yn gychwyn darlith a ffrae arall ai peidio. Penderfynodd ymatal.

"Iawn. Dwi wedi astudio y rhan fwya o'r papur cynta ac, oherwydd hynny, roeddwn i'n meddwl mynd allan heno . . ."

Daeth Harriet Mason at y bwrdd yn cario'r platiau bwyd. Roedd hi wedi bod yn gwrando ar y sgwrs o'r gegin ac, wedi blynyddoedd o brofiad, yn gwybod pryd i ddod rhwng y tad a'r ferch. Gwyddai fod Winstone ar fin mynd ar gefn ei geffyl. Cyfeiriodd gwestiwn at ei merch.

"Lle wyt ti'n bwriadu mynd heno 'ta?"

"Tŷ Esther, ella awn ni lawr pentra . . ."

"Twyt ti ddim yn meddwl y basa'n rheitiach i chdi aros adra i weithio? Faint sydd tan yr ecsam?"

Roedd o'n gwybod yn iawn mai mis oedd i fynd. Gwthiodd Harriet ei phig i mewn. Gosododd blataid o datws poeth, ffa a chig moch gerbron ei gŵr a'i merch a, chyn mynd yn ôl i'r gegin i nôl ei bwyd ei hun, dywedodd:

"Mae wedi bod wrthi ers rhai dyddia Winstone, dwi ddim yn amau y gwnaiff noson rydd fyd o les iddi, wedi'r cwbwl, tydan ni ddim isho i'r gwaith fynd yn drech na hi, nac ydan?"

Roedd hi'n dweud hynny mewn llais tawel digyffro, ond fe wyddai Winstone yn iawn mai cyfeiriad anuniongyrchol at ei ddyddiau coleg o oedd y geiriau. Bu ond y dim i bethau gael y gorau arno yntau pan fethodd ei arholiadau terfynol. Mygodd yr awydd i ddadlau, llyncodd ei boer, ac aeth ar drywydd arall.

"Twyt ti ddim i fynd i'r Leion, dallt?"

"Iawn."

Doedd yr ateb ddim yn argyhoeddi.

"Ddalltest ti hynna?"

"Do."

"Dwi'n deud wrthat ti, Tracey, dim mynd i'r Leion. Mae hi ddigon anodd arna i fel mae hi heb gael cynghorwyr yn edliw i mi fod fy merch fy hun

22

yn yfed dan oed."

"Mae pawb yn yfed dan oed . . . beth bynnag, tri mis arall ac fe fydda i'n ddeunaw!"

"Nid dyna'r pwynt . . . dwyt ti ddim i wneud hynny'n gyhoeddus."

"Roeddwn i'n meddwl mai rhagrithio oedd hynny, dyna fyddai Tom Bach Saer yn 'ddeud yn 'rysgol Sul erstalwm . . ."

"Rydw i a dy fam wedi bodloni, ac wedi plygu dipyn i roi rhyddid i ti . . . llawer mwy na mae lot o dy ffrindiau di'n 'gael . . ."

"Dyma ni'n dechra, yr hen bregath eto . . ."

"Paid ti â dechrau hynna."

Daeth Harriet yn ei hôl, ac yn syth i'r canol eto.

"Mi fasa'n well i chi'ch dau ddechrau bwyta cyn iddo fo oeri! Mae Tracey wedi deud *nad* ydi hi'n mynd i'r Leion, Winstone, felly wela i ddim pwynt i chi ddadlau!"

"Wedi arfar cael ei ffordd ar y Cownsil mae o!"

"Tracey!"

Ac o dan gerydd llygaid y fam, ildiodd Tracey a'i thad, a dechrau bwyta.

Teyrnasodd distawrwydd dros y pryd cyfan, ar waethaf ymgais Harriet i gychwyn sgwrs.

"Be sgin ti heno?"

"Is-bwyllgor Cyllid."

"Rhywbath diddorol?"

"Dim byd sbeshal. Rwtîn arferol."

Pan oedd pob plât yn lân, cododd Harriet i'w casglu a mynd â nhw drwodd i'r gegin. Daeth yn ei hôl gyda chacen blât a jygaid o gwstard.

Waeth beth arall y gellid ei ddweud am deulu Rhif Tri, roedden nhw'n sgut am eu bwyd. Ymosododd y tri ar eu pwdinau. Cododd Winstone ei ben ac edrychodd ar ei ferch. Roedd hi'n troi a throi ei llwy ynghanol y mymryn cwstard oedd yn weddill ar ei dysgl. Gwnaeth un ymdrech i dawelu'r dyfroedd cyn gadael y bwrdd.

"Faint o'r gloch fyddi di adre?"

"Tua deg . . . ella?" ychwanegodd.

Ac yn sŵn rhagor o ddistawrwydd, cododd Winstone oddi wrth y bwrdd ac aeth o'r tŷ am ei bwyllgor.

Pan glywodd y drws yn cau, cododd Harriet a dechrau casglu'r dysglau pwdin.

" 'Sgin ti amsar i olchi neu sychu?"

Disgynnodd gwep Tracey.

"Oes," meddai'n gloff ac yn anfodlon, "Ga i olchi? . . . dwi wedi addo cwarfod Esther tua saith."

"Os wyt ti isho mynd, dos!"

Ond aros ddaru Tracey. Wedi'r cwbwl, dim ond gweld y ddau ohonyn nhw'n mynd allan wnâi ei mam bob nos. Roedd ei thad wastad mewn cyfarfod neu bwyllgor neu gymdeithas, ac roedd hithau, pan nad oedd yn mynd allan, yn diflannu i'w stafell yn y llofft. Roedd Tracey bob amser yn dychmygu'i mam fel gwraig unig, ac roedd ganddi drueni drosti am ei bod wedi priodi'r fath ddyn â'i thad.

Doedd hi erioed wedi bod yn agos at ei thad. At ei mam yr âi pan yn blentyn i gael mwythau a charu mawr. Ychydig iawn o gariad allanol a ddangosodd ei thad ati erioed. Hyd yn oed pan oedd hi'n blentyn, ac ar yr adegau prin hynny pan fyddai o gartref, dim ond rhyw sws bach sydyn cyn noswylio fyddai hi'n 'gael.

Trwy gydol ei gyrfa addysgol, doedd hi erioed wedi medru plesio'i thad. Waeth beth a wnâi, pa mor dda bynnag roedd hi, un crintachlyd ei ganmoliaeth fyddai Winstone, a'r cof bach oedd gan Tracey am ei thad pan oedd hi'n iau oedd un o ddyn yn gwylltio a gweiddi os na châi ei ffordd ei hun.

Yn ystod blynyddoedd cynnar ei harddegau closiodd rhyw fymryn at ei mam, ond pellhau fu hanes y berthynas rhyngddi a'i thad. Mi fyddai ar brydiau yn ei herio yn agored, ac roedd hynny wedi arwain fwy nag unwaith at ffraeo a thyndra a thensiwn yn y cartref.

Câi Tracey'r teimlad nad oedd ei thad am iddi dyfu ac, o'r herwydd, roedd yn ei thrin o hyd fel plentyn. Dim ond doethineb ac ymyrraeth Harriet Mason rwystrodd bethau rhag berwi drosodd lawer tro ond, yn ddiweddar, roedd Tracey'n rebelio'n fwy agored. Gan fod ei thad wedi'i gwahardd o'r Leion, ei bwriad oedd mynd yno. Deued a ddelo, doedd o ddim yn mynd i reoli'i bywyd hi eto. Roedd hi'n bwriadu torri'n rhydd a, phan ddeuai'r cyfle cynta, roedd yn bwriadu gadael cartref.

Duw yn unig wyddai sut y byddai ei mam wedi iddi adael y nyth. Os oedd hi'n unig pan oedd Tracey gartref, mi fyddai ei hunigrwydd gymaint â hynny'n fwy wedyn. Ond roedd tri mis i fynd tan hynny.

Roedd hi'n amlwg heno fod ei mam isho dweud rhywbeth wrthi, a dyna pam y bodlonodd aros. Wrth gario'r llestri i'r cefn a'u gosod yn y sinc, meddyliodd Tracey beth fyddai'r pwnc trafod tybed? Oedd hi wedi clywed ogla sigaréts ar ei dillad? Oedd rhywun wedi dweud iddi fod yn y Leion? O shit! Gobeithio nad oedd hi wedi gweld y paced condoms ym mhoced ei chrys tennis!

"Mae yna lot o saim heno . . . mi olcha i."

Roedd Harriet Mason yn sgwrio'r platiau yn ddidrugaredd yn y sinc pan agorodd y sgwrs.

"Mi ddeudodd rhywun wrtha i dy fod ti'n canlyn hogyn Bob Jôs Cownsil?"

"Ron Bach! *No way*!"

"Roedd y person yma'n deud eich bod chi'n mynd i'r Leion hefo'ch gilydd . . ."

"Mam fach, mae yna griw ohonan ni'n mynd rownd hefo'n gilydd. Tydi'r ffaith 'mod i'n siarad neu'n cael diod hefo Ron Bach ddim yn golygu dim byd!"

"Wel, mi wyddost ti am ei deulu fo!"

"Taswn i'n ei ffansïo fo, ac isho mynd hefo fo, fysa ddim ots gen i pwy fasa 'i deulu fo!"

"Ond rhaid i ti ddechra meddwl o ddifri am dy ddyfodol Tracey, nid amsar jolihoetio ydi hi rŵan . . . Sbia di ar hogyn Ashton, rŵan dyna i chdi hogyn bach neis . . ."

"Mam! Yn India mae rhieni'n g'neud petha felly, nid yng Nghymru!"

"Be ti'n 'feddwl?"

"Trefnu bywydau eu plant."

"Mae dy dad wedi gweithio'n galed i gyrraedd lle mae o cofia, a chofia di mai er dy fwyn di y buodd pob peth. Rhyw ddiwrnod mi fyddi di'n falch o be 'dan ni wedi'i wneud drostach chdi."

Roedd Tracey isho sgrechian. Roedd hi isho tynnu gwallt ei phen, ac isho rhwygo'i llygaid o'u socedi. Be ar wyneb daear oedd yn bod ar y ddau?

Roedden nhw cynddrwg â'i gilydd. Y ddau isho trefnu'i bywyd hi. Pam ddiawl na allen nhw jyst gadael llonydd iddi? Roedd hi'n teimlo fel gafael yn y pentwr llestri glân, a'u taflu'n deilchion ar lawr, ond ymataliodd. Rhoddodd un cynnig arni.

"Mam, fy mywyd i ydi o. Dwi o fewn tri mis i fod yn ddeunaw, ac mi rydw i am wneud be dwi isho'i wneud, nid be dach chi isho i mi wneud, na be mae dad isho i mi wneud. Gawn ni adael petha yn fan'na plis?"

Ond doedd Harriet ddim am ildio'r un gronyn.

"Twyt ti ddim yn gwybod y gair sydd yna am hogyn Bob Jôs Cownsil yn y stryd . . . dim ond y dydd o'r blaen roedd Mrs Richards Pant Coch yn dweud mai fo ddaru falu ffenast car Hefin Prichard Plisman, a'i fod o hefyd yn mynd â genod i ganol Coed Crychlyn . . ."

Doedd yr un ffordd arall o gau ceg ei mam. Gafaelodd Tracey mewn plât, a thaflodd ef ar lawr. Malodd yn deilchion ar deils y gegin gefn. Taflodd y lliain ar ei ôl, trodd ar ei sawdl a martsiodd i'w llofft.

Ymhen ychydig funudau, clywodd Harriet Mason hi'n martsio nôl i lawr y grisiau, yn agor y drws ffrynt ac yn ei glepio nes oedd y gwydrau'n ratlo yn y ffrâm.

* * *

Roedd y mân siarad wedi dechrau cyn i'r Cadeirydd ddatgan fod y pwyllgor ar ben. Aeth rhai yn syth bin am y drws, arhosodd eraill i sgwrsio. Heliodd Winstone y mân bapurau oedd o'i flaen ar y bwrdd, a thrawodd hwynt yn ei blygell. Edrychodd ar ei wats. Ugain munud wedi deg!

"Cadeirydd gwan wna bwyllgor maith!" meddai dan ei wynt, a chododd i adael y siambr.

"Mr Mason!"

Trodd a gweld Eifion Crîm Cêcs, batman Sam Elliott y Prif Weithredwr, yn ei wynebu.

"S'mae, Eifion?"

"Negas i chi gin Mistar Elliott."

"Negas i mi?"

Plygodd Eifion yn ei flaen fel pe bai ar fin datgelu un o gyfrinachau mwya dynol ryw.

"Isho i chi ddod i'w gwarfod o a dau o'i ffrindia uwchben cinio yn y Royal Oak, wsnos i nos Wenar, am saith. Isho i chi ddod â Mrs Mason." Winciodd, cyn ychwanegu "Mae'r gwragadd yn cael dŵad hefyd!"

Roedd o ar fin gofyn pam na fasai Elliott ei hun wedi gofyn iddo ond, dyna fo. Nos Wener? Iawn am y gwyddai. Mi fyddai'n gyfle i Harriet godi'i phen.

"Iawn, Eifion, dywad ti wrth Elliott y byddwn ni yno . . . ond pwy ydi'r ffrindiau yma dywad?"

"Top Sîcret, Mr Mason! Top Sîcret!"

Chwarddodd Winstone. Hynny ydi, wyddai Eifion Crîm Cêcs ddim 'chwaith.

Ar ei ffordd yn ôl i'w gar meddyliodd Winstone fwy am y gwahoddiad. Rhyfedd ar y diawl i Elliott yrru Eifion i bwyllgor. Gallai yr un mor hawdd fod wedi codi'r ffôn ei hun. Edrychodd eilwaith ar ei wats. Roedd ganddo amser i ddangos ei drwyn yn y Leion a chael peint sydyn cyn mynd adre.

Roedd hi'n chwarter i un ar ddeg pan stopiodd trwyn y Ffordyn chwe modfedd o dalcen ochr y

Leion. Roedd haid swnllyd o lembos lysh yn gweiddi ac yn canu ger drws y Leion – yn amlwg ar eu ffordd adre.

"Plant a phobol ifanc yr oes 'ma," meddai wrtho'i hun, gan gloi'i gar a chamu at y drws.

Clywodd un yn gweiddi.

"Iesu ! Tracey! Dy dad!"

Trodd atynt, ond roedden nhw'n cilio ac yn y lled dywyllwch, ni allai adnabod yr un ohonynt. Aeth i'r bar ac, wedi cyfarch Dave, cododd beint iddo'i hun. Edrychodd o'i amgylch, ond ni welai neb yr oedd yn awyddus i dorri gair ag ef, felly arhosodd wrth y bar.

"Noson ddigon tawal, Dave?"

"Glywsoch chi am Dic y Foel, Winstone?"

"Bobol annwyl, naddo. Be sy?"

"Alun y mab wedi'i ffendio fo yng Nghoed Crychlyn amsar cinio. Y gasag wedi'i daflyd o . . ."

"Arglwydd!"

Touch an' go medda Doctor."

"Arglwydd! Pryd oedd hyn?"

"Oedd o wedi mynd allan bora 'ma, rownd y defaid, a phan ddoth o ddim adra i ginio mi a'th Alun i chwilio amdano fo, ac mi ffendiodd y ferlan ddu yn rhedag yn wyllt. Rhaid ei bod hi wedi'i daflyd o, a fonta wedi taro'i ben."

"Arglwydd! Tydi petha'n digwydd dywad?"

"Ar ffasiwn dywydd yn' de!"

"Tywydd iawn i yfad ddeudwn i!"

"Yfad! . . . Na! . . . Mae pobol yn od wchi . . . tywydd braf yn effeithio arnyn nhw! . . . Mewn pwyllgor buoch chi?"

"Ia. Un arall eto fyth. Maen nhw'n ddiddiwadd."

"Jyst rŵan roedd Padi'n deud yr un fath am ei waith o."

Edrychodd Winstone o'i amgylch, ond ni welai Padi yn unlle.

"Wedi mynd i biso mae o! Ac o 'nabod Padi a'r peintia *Guinness* mae o wedi'u hyfed, mi fydd hi'n bishad go hir!"

Chwarddodd Winstone. Ond chwerthin o ran cwrteisi yn unig yr oedd o. Iesu, mi roedd teip Dave yn bobol bôring. Dim sylwedd i'w sgwrs nhw o gwbl. Newyddion y dydd a hiwmor tŷ bach – ffwl stop. Pum gair oedd swm a sylwedd eu diwylliant; peint, pei, pwniad, piso a phaced pae. Doedd dim arall yn britho'u sgwrs, a dim arall yn cyfrif.

"Glywist ti bod *North West Tools* wedi mynd i'r wal?"

"Pwy?"

"Cwmni ar Stad Crychlyn . . ."

"Chlywis i erioed amdanyn nhw . . . 'sgiws mi, rhaid i mi fynd i syrfio." Ac i ffwrdd â fo i ben draw'r bar.

"Naddo mwn."

Ysgydwodd Winstone Mason ei ben mewn anobaith llwyr. Hogyn o Grychlyn, a dim syniad ganddo pwy oedd tenantiaid y Stad Ddiwydiannol. Bobol bach, be nesa? Toedd gan y genhedlaeth ifanc yma ddim gwerthoedd, dim syniad am be oedd yn digwydd o'u hamgylch. Bechod am Dic y Foel hefyd. Hen foi nobl. Pen call ar ei sgwydda fo.

"Helô, Mr Mason?"

Trodd Winstone, a gwelodd Padi a gwên fawr lydan ar ei wyneb.

"Helô, Padi? Diwrnod braf."

"Poeth, yn poeth uffernol!"

" 'Ti isho peint?"

Pwyntiodd Padi at y bar.

"Gen i 'chydig ar ôl yn hwnna."

"Dave! . . . peint mewn i Padi!"

"Wedi bod yn pwyllgor?"

"Ia'n duwcs, Is-bwyllgor Cyllid. Trafod rhenti a tenantiaid Stad Crychlyn yn bennaf . . ."

Doedd o ddim yn meddwl y buasai gan Padi ddiddordeb mawr yng ngweithgareddau'r pwyllgor hwnnw, felly cafodd sioc pan glywodd ei frawddeg nesa.

"Cwmni *North West Tools* wedi mynd yn *bankrupt*, pedair job wedi mynd."

"Oeddach chdi wedi clywad?"

"Do, ein *department* ni yn y Coleg gwnaeth rhaglen cyfrifiadur iddyn nhw . . ."

"Deud roeddwn i rŵan, 'toes gin bobol ifanc heddiw 'ma ddim syniad am be sy'n digwydd o'u cwmpas nhw, a dyma chditha sy wedi dod 'ma i'n plith ni . . ."

Roedd Padi yn casáu'r dyn. Doedd o ddim yn siŵr pam, ond doedd Winstone Mason erioed wedi ei daro fel dyn diffuant. Gwleidydd gydag 'g' fach oedd o. Dyn yn agor ei gŵys ei hun ac yn gofalu amdano'i hun, dim ots os oedd rhaid gwyro'r gŵys honno weithiau. Roedd un peth yn sicr, doedd ganddo fo ddim awydd gwrando ar y llifeiriant nawddoglyd ddeuai o'i enau. Mor wahanol, meddyliodd, oedd dau gymydog. Winstone Mason ar y naill law a Tom Bach Saer ar y llall.

"Richard Williams y Foel wedi cael damwain."

"Rŵan roedd Dave yn deud wrtha i, 'achan,

uffernol yn' de?"

Bu ennyd o ddistawrwydd.

"Rhaid i mi wneud *standing order* i chi am y rhent, Mr Mason," meddai Padi, mewn ymgais i ail-gychwyn sgwrs.

" 'Rhosa i chdi gael y cytundeb yn gynta ... Iesgob dw inna ar ei hôl hi hefyd, mi ddyliwn i fod wedi g'neud y peth ers misoedd, ond ti'n dal i dalu yn' twyt?"

"Bob mis ... i Mrs Mason."

"O'n i'n meddwl ... dwi'n gadael petha fel'na iddi hi 'sti. Mae bob dim yn iawn yn y tŷ, yndi?"

Cyn i Padi gael cyfle i ddweud dim, roedd Winstone wedi cychwyn ar ei bwnc nesa.

"Isho i chdi ddod ar bwyllgor dwi'n trio'i sefydlu i roi cic yn ôl yn Crychlyn 'ma ... ew, ma' isho job-sys 'sti, a 'toes yna affliw o neb yn g'neud dim ..."

Edrychodd Padi ar y cloc. Pum munud i un ar ddeg. Diolch ei fod o'n ddinesydd oedd yn credu ac yn parchu deddf gwlad! Câi ddianc gyda hyn.

Cyrhaeddodd Dave gyda'i beint nesa. Pum munud, meddai wrtho'i hun, ac mi fydda i o'ma.

"Gei di lifft adra gin i 'sti."

Methodd ganfod rheswm digonol dros wrthod, felly diolchodd yn gwrtais.

"Martha Ellis ddim yn dda 'chi?"

"Bobol! Be sydd?"

"Roedd hi a Tom fod i dod acw heno, ond methu ddaru nhw. Tom yn deud fod pwysau gwaed hi yn uchel."

"Wsti be, mae'n rhyfadd cyn lleied ma' dyn yn 'wybod am y bobol sy'n byw drws nesa iddo fo'i hun ..."

A gwag athronyddu buodd Winstone Mason am y deng munud nesa. Pan stwyriodd Padi i gychwyn, hanner gobeithiai y byddai'r Cynghorydd yn aros, ond llowcio'i beint ddaru yntau hefyd.

"Tyrd i'r car," meddai, "Mi fyddwn ni adra mewn chwinciad."

Aethant allan i'r nos. Roedd hi'n dal yn gynnes ac yn olau. Wrth gerdded tua'i gar, synhwyrodd Winstone fod rhywbeth o'i le ar ei Ffordyn. Clywodd Padi ei gymydog yn rhegi dan ei wynt.

"Go damia! Sbia ar deiars y car 'ma!"

Nid fod ganddo lygaid craff, ond sylwodd Padi hefyd fod y car ar un ochr i gyd. Llamodd Winstone at yr olwynion.

"Y basdads!" llefodd. "Mae 'na rhyw fasdads wedi rhoi cyllall yn fy nheiars i!"

PENNOD 2

WELODD Crychlyn erioed rotsiwn beth. Ar doriad gwawr daeth ugeiniau o blismyn i'r pentre ac i'r coed.

Gosodwyd carafán ar sgwâr y pentre a phan drawodd cloc y Neuadd wyth o'r gloch, dechreuodd rhai ohonyn nhw gnocio o ddrws i ddrws a holi pob un o'r trigolion. Oedden nhw wedi gweld Richard Williams ddoe? Oedden nhw wedi sylwi ar geir neu unrhyw bobol ddiarth yn yr ardal? Oedden nhw wedi bod yng nghyffiniau Coed Crychlyn yn ystod y dyddiau dweutha? Roedd y cwestiynau yn ddi-ddiwedd.

Ac wedi ymadawiad yr heddlu o'r tai, casglai pobl yn dri a phedwar i gymharu cwestiynau ac i geisio rhoi stori marw Dic y Foel wrth ei gilydd. Roedd hi'n weddol amlwg erbyn hyn nad damwain oedd hi.

Aeth criw arall o'r heddlu, y criw mwya, i fyny'r Lôn Gul am Grychlyn Uchaf, a Choed Crychlyn ac wedi stopio'r *Land Rover* fwya ger tŷ Tom Bach Saer, estynnwyd bocsus di-ri ohoni. Casglodd y plismyn rownd y *Land Rover* i gael eu brîffio ac wedi agor y bocsys a rhoi pâr o *wellingtons* yr un am eu traed, dechreuasant gribinio'r goedwig a'i chyrion yn ofalus.

Y Prif Arolygydd Pugh oedd yn arwain yr

ymchwiliad. Dwylath unionsyth o awdurdod. Dyn a wnâi bopeth yn ôl y llyfr – doedd dim gwyro i fod oddi wrth y rheolau, a thaerai rhai y buasai Pugh mewn swydd uwch o lawer pe na fyddai mor ddeddfol a haearnaidd ynglŷn â phopeth.

Aeth i'w boced, ac estynnodd ei getyn. Roedd o'n meddwl yn gliriach wrth sugno catiad.

Wedi rhoi cyfarwyddiadau i'w ddynion, gadawodd yr hen Sarjant Ifans i reoli. Roedd o am fynd i fyny i'r Foel i weld Alun Williams, mab Richard.

* * *

"Llofruddiaeth?!"

Edrychodd Alun yn syn ar y Prif Arolygydd. Doedd o ddim yn deall y peth o gwbl. Pwy ar wyneb y ddaear fyddai am niweidio'i dad? Ond dyna ddeudodd y Prif Arolygydd. Dwy ergyd. Y naill ar ei wegil a'r llall ar ei ben, a'r ddwy wedi eu taro gydag erfyn caled, a doedd dim amheuaeth nad oedden nhw wedi cael eu taflu yn hollol fwriadol.

"Roeddwn i'n meddwl mai Taran oedd wedi'i daflyd o?"

Ysgydwodd y Prif Arolygydd ei ben ac ailadroddodd, rhag ofn nad oedd Alun wedi deall.

"Nid dyna mae'r *post mortem* yn ei ddweud. Mi gafodd ddwy ergyd, un o'r rheini yn ergyd go galed . . . dywedwch i mi, oedd gan eich tad elynion?"

"Bobol bach, nag oedd! Toedd o'r dyn clenia'n fyw . . ."

"Oedd o wedi ffraeo hefo rhywun yn ddiweddar?"

"Nac oedd . . . dim dyna'i ffordd o, o gwbl."

"Dach chi wedi gweld neu wedi sylwi ar rywun diarth o gwmpas y lle 'ma'n ddiweddar?"

Ysgydwodd Alun ei ben. Roedd o'n methu deall pam bod y plisman yn gofyn y fath gwestiynau. Rhoddodd ei ben yn ei ddwylo, a dechreuodd ei wynt fyrhau. Roedd o'n dechrau sylweddoli. Roedd ei dad wedi mynd am byth. Doedd o ddim yn dychwelyd. Doedd o ddim yn mynd i weld ei dad fyth eto. Am eiliad, gafaelodd panig ynddo. Yna cofiodd rywbeth.

"Y dyn yna o Sweden."

"Pwy?" cododd clustiau'r Prif Arolygydd.

"Mi ddaeth yna ryw ddyn yma o Sweden ne' rywle felly, medda Dad, roedd gynno fo isho prynu Coed Crychlyn. Rhyw tacs doj neu rywbath. Mi fuon ni'n trafod y matar un noson . . . roeddwn i o blaid gwerthu . . . roedd o'n gynnig da, a'r goedwig yn da i ddim beth bynnag, ond penderfynu gwrthod ddaru Dad."

"Pryd oedd hyn?"

"Bythefnos yn ôl . . . ond go brin fod a wnelo hynny . . ."

"Ella'ch bod chi'n iawn." Ond mi wnaeth y Prif Arolygydd nodyn yn ei lyfr bach yr un fath. Rhoddodd Alun ei ben yn ôl yn ei ddwylo.

"Bobol bach!" Ysgydwodd ei ben drachefn. "Be wna i heb 'rhen ddyn wn i ddim."

"Fasach chi'n lecio panad?"

"Mi fydd hi'n rhyfadd ar y naw yma hebddo fo . . ."

"Ga i fynd i wneud llymaid i chi?"

"Iawn . . . diolch."

Ac aeth y Prif Arolygydd i'r cefn at y stof a'r

teciall. Wrth hel ei feddyliau gwaeddodd ,

"Dach chi'n cofio enw'r dyn 'ma o Sweden, neu'r cwmni?"

Daeth yr ateb bron yn union.

"Na. Falle fod 'na rywbeth yn y biwro, hefo papura 'Nhad."

Cododd Alun ac aeth i chwilota drwy'r biwro. Roedd o'n chwilio am y llythyr yna y buodd o a'i dad yn ei drafod.

"Dyma fo!"

Edrychodd ar y pennawd. Cwmni o gyfreithwyr o Lundain. Toedd o ddim yn cyfeirio at neb yn benodol dim ond fel *'an interested client'*. Daeth pen y Prif Arolygydd heibio'r drws, ac ailadroddodd Alun ei eiriau.

"Dyma fo. Gin ryw gwmni Rutland and Berridge, twrneiod o Lundan."

Estynnodd y llythyr i'r Prif Arolygydd. Edrychodd hwnnw arno'n fanwl a chan ysgwyd ei ben meddai:

"Ga i fynd â hwn? Ei fenthyg o am ychydig ddyddia?"

"Cewch 'n tad!"

Aeth Alun yn ôl i'w gadair wrth y bwrdd, a rhoddodd ei ben yn ei ddwylo drachefn.

"Bobol bach!" meddai wrtho'i hun. "Bobol bach!"

* * *

Roedd Robat John yn casáu dydd Gwener.

'D'wrnod y cythral' fyddai Magi Sent yn galw dydd Gwener, oherwydd dyma'r dydd y byddai hi'n gorchymyn Robat John i lanhau'r siop.

Byth er y diwrnod hwnnw ddeuddeng mlynedd

yn ôl pan fentrodd Robin Gwalia, un o swyddogion y cyngor, i'r siop i'w goleuo ynglŷn â glanweithdra, bu dydd Gwener yn 'Dd'wrnod y Cythral'.

Fe wyddai Robat John nad oedd pethau'n rhy dda yn y busnes. Fyddai ei fam byth yn dweud dim byd wrtho, ond roedd o'n gwrando ambell waith ar sgyrsiau ffôn rhyngddi hi a'r banc, neu rhyngddi hi ac ambell un o'r cyflenwyr oedd yn methu disgwyl yn hwy am ei arian. Yn ystod y misoedd diwetha hyn, roedd o hefyd wedi sylwi fod nifer fawr o gyflenwyr yn cael eu talu wrth ddanfon. Nid fod Magi Sent wedi ffendio fod hynny'n rhatach, neu ei bod wedi newid polisi oes o setlo cownt ar ddiwedd mis, o na, roedd ambell un bellach wedi deud yn blwmp ac yn blaen "Dim pres, dim nwyddau" ac, o'r herwydd, doedd ganddi hithau ddim dewis. Ond roedd un peth yn gwbl amlwg hyd yn oed i Robat John, doedd y cwsmeriaid ddim yn dod i'r siop fel y bydden nhw.

Roedd cerdded mewn i Manchester House fel mynd ar drip yn ôl i'r pumdegau. Y peth cynta welech chi fyddai Ibi'r gath, yn drwm o flew, yn gorwedd fel brenhines, ac yn cysgu ym mha le bynnag y mynnai. Os mai gwâl Ibi fyddai y drws nesa i'r bocs menyn, neu hyd yn oed ar y bocs menyn, felly y byddai. Os teimlai Ibi ar ei chalon fel swatio yng nghysgod y bara ffres neu fara brith, yno y byddai. Ac os cymerai Ibi yn ei phen i helpu'i hun i friwsion o ham oedd wedi disgyn ger y sleisar bacwn, châi neb ddweud yn wahanol. Ei hoff swatle fodd bynnag, oedd yn y ffenest ynghanol y ffrwythau ac yng ngolwg y byd.

O'i gorseddfainc yma y gwelodd hi Robin Gwalia

yn rhedeg drwy'r siop, a Magi a'r brwsh bras yn rhedeg ar ei ôl.

"Y basdad bach dig'wilydd!" gwaeddai Magi ar dop ei llais, gan geisio ei waldio ar ei ysgwyddau gyda'r brwsh. "Dwi'n cadw'r lle yma ers cyn i dy dad ti ddechrau piso'n ei glytia. Paid ti â deud wrtha i sut i redag fy musnas."

Ond er mai buddugoliaeth i Magi fuo'r diwrnod hwnnw, fe ddaeth cyfres o lythyrau pur gas i'r siop, ac fe fu'n rhaid iddi newid ei harferion. Ond nid hawdd tynnu cast o hen gaseg, a llithro'n ôl yn araf wnaeth Magi fodd bynnag, a doedd Ibi o ddim cymorth iddi.

O weld y pethau hyn, ac o glywed y straeon a daenid am ei glendid fel siopwraig, rhyw dueddu i brynu pethau 'saff' byddai ei chymdogion a'i ffrindiau, oherwydd dyna swm a sylwedd ei chwsmeriaid erbyn hyn. Doedd neb yn siopa yno o ddifri, ond roedd o'n lle handi i gael tùn o sbam, neu gorn-bîff, neu bum pwys o datws, neu unrhyw beth roedd ei angen ar frys – cyhyd â'i fod wedi'i bacio'n barod.

"Be haru ti'r lob gwirion?"

Roedd Magi Sent wedi gweld ei mab yn taflu taten at Ibi oedd yn swatio ynghanol y bara. Ceisiodd Robat John dynnu sylw'i fam at y gŵr diarth oedd yn syllu drwy'r ffenest, ond ddaru Magi ddim deall.

"Iesu, mi rwyt ti'n g'neud petha gwirion."

"Mae 'na ddyn diarth tu allan . . ."

"Mae 'na lot o ddynion diarth yn pasio tu allan."

"Mae hwn yn sbio drwy'r ffenast . . ."

"Mae gynno fo hawl sbio drwy'r ffenast y llymbar gwirion."

"Mae o'n edrach fel dyn cownsil, neu dyn tacs . . ."

Martsiodd Magi o du ôl y cowntar nes safai am y gwydr â'r gwr diarth. Syllodd y ddau yn syn am eiliadau meithion i lygaid ei gilydd, yna trodd y dieithryn tua'r drws a daeth i mewn.

Oedd, mi roedd o'n edrych fel dyn cownsil neu ddyn tacs, ond roedd o'n edrych dipyn bach yn ofnus hefyd. Llyncodd ei boer, ac edrychodd ar Magi cyn siarad.

"Mrs Hannah Margaret Jones?"

"Yes?"

"Elfyn Williams, Adran Trysorydd y Dosbarth."

"O ia?" yn sych.

"Ga i siarad hefo chi'n breifat?"

"Deuda dy ddeud. Y mab ydi hwn, ac os daw rhywun i mewn, caea hi!"

"Dach chi ddim wedi rispondio i ffeinal notis y dreth, Mrs Jones, mae yna sics hyndred an sefnti tw pywns . . ."

"Be?"

"Sics hyndryd an sefnti tw pywns yn ywtstanding . . ."

"Dim diawl o beryg!"

Llefarodd pob un gair yn unigol yn hytrach nag fel brawddeg.

Synhwyrodd Robat John fod ei fam wedi'i chythruddo, a gweddïodd na fyddai neb arall yn galw yn y siop tra byddai'r dieithryn yno.

"Dach chi wedi cael ffeinal notis . . ."

"Pan ddoth papur coch mi ffonis i dy fosys di, ac mi ddeudis i wrthyn nhw fod y trethi'n ormod o beth cythral. Tydi'r hofal drws nesa 'ma'n warth, ac yn tynnu'r lle 'ma i'r ddaear, ac mae llwch sy'n cael ei godi gin lorris dympio i gyd yn dod i'r lle 'ma . . . ac mae dwy siop arall oedd yn y pentra 'ma wedi mynd â'u pen iddyn, ac mae hynna fod i gyfri pan fyddwch chi'n gosod y trethi."

"Ond nid pan fyddwch chi'n cael ffeinal notis dach chi fod i godi petha fel'na, mae na prosîdjyr . . ."

"Stwffio chdi a dy brosidjyr! 'Runig beth dach chi'n 'neud yn y lle crand na ydi ista ar eich tinau, ac adio can punt bob blwyddyn at ein bilia ni . . ."

"Mi ddyliach chi fod wedi sgwennu'n gynt . . ."

"Yli'r sbwbach. Tydw i wedi chw'thu yng nghlust dy fòs di unwaith, ac mae'n edrach yn debyg nad oedd gin hwnnw ddim oll rhwng ei glustiau neu mi fasa fo wedi gwrando yn lle dy yrru di yma yn lartsh i gyd. Dos di'n ôl ato fo a deud wrtho fo am yrru bil call i mi, rhwbath tebyg i'r un roeddwn i'n 'gael yn Naintîn Ffiffti Êt! Ac ella y tala i'r diawl wedyn!"

A chyda hyn'na o eiriau'n llosgi'n ei glustiau, cilio wnaeth Elfyn Williams i dawelwch cymharol y stryd. Rhoddodd ochenaid o ryddhad. Roedd o wedi ofni'r ymweliad hwn ers rhai dyddiau. O leia roedd ganddo reswm digonol dros greu adroddiad i'r Trysorydd i egluro pam na chawsai'r taliad dyledus.

* * *

Tynnodd Tom y procer o safn y stof a syllodd yn ofalus ar y blaen gwynias. Cerddodd at y fainc ac, wedi gosod y procer yn ofalus ar ben y feis, gafaelodd yn y mwrthwl lwmp a dechreuodd ei guro. Clywodd lais Padi, ond ni throdd ei ben.

"Tyrd i mewn, Padi!" gwaeddodd, "Rhaid i mi drio cael hwn i siâp cyn iddo fo oeri."

"Be 'ti'n g'neud, Tom?"

" Y procar-tynnu-lludw acw wedi malu'n ddim gin Martha, 'achan, finna'n meddwl y baswn i'n stumio blaen yr hen brocar yma a gwneud un arall . . ."

"Wyddwn i ddim bod ti'n ddyn haearn hefyd!"

"Tydw i ddim siŵr dduwcs! Ond matar bach ydi poethi tamad o heuar' a'i waldio fo i siâp 'sti."

A churodd y saer bach y procer â churiadau cyson.

"Ma' hyn yn f'atgoffa i o emyn Thomas Lewis Talyllychau!"

Gwelodd y benbleth ar wyneb Padi.

"Un o emynau gorau'r iaith . . . thri thri êt, 'Wrth gofio'i riddfannau'n yr ardd, A'i chwys fel defnynnau o waed, Aredig ar gefn oedd mor hardd, A'i daro â chleddyf ei Dad'. Gwranda arno fo eto, Padi."

Gafaelodd Tom yn ei forthwyl. Cododd ef yn barod i daro'r feis eto.

"Gof oedd Tomos Lewis 'sti, ac mi rwyt ti'n clywad ei forthwyl o'n taro'r engan trwy'r emyn. Clyw . . . 'Wrth *gof*io'i ridd*fan*nau'n yr *ardd* . . . A'i *chwys* fel def*nyn*nau o *waed* . . .' glyw di o? Emyn mawr, Padi, emyn mawr. Ond go brin mai wrth wneud procar i'w wraig y cyfansoddodd o fo, 'chwaith!"

"Glywsot ti'r ffraeo yn Rhif Tri y noson o'r blaen?"

"Gin i walia tewach na chdi mae'n rhaid. Ond mi

42

roedd yna dipyn o weiddi yn' doedd?"

"Oe'n i'n poeni . . ."

"Tydyn nhw wedi molicodlio'r hogan fach yna yn lle gadael iddi, ond dyna fo, mae'n rhy hawdd i mi siarad yn' tydi?"

Pe na bai Tom yn canolbwyntio cymaint ar ei brocer, efallai y buasai wedi sylwi fod yna fwy i eiriau Padi na mân siarad.

Roedd Padi wedi taro'i lygaid ar Tracey o'r dydd cynta y daethai i Grychlyn Uchaf, a rhoddai ei galon lam bob tro y gwelai hi, ond doedd Padi erioed wedi bod yn ddyn merched. Beth bynnag, roedd yna ddeuddeng mlynedd o wahaniaeth oedran rhyngddyn nhw, ond doedd hynny chwaith ddim yn rhwystro'r hen gyffro rhag corddi rywle'n ei stumog.

Daliodd Tom y procer rhyngddo a'r golau. Caeodd un llygad ac edrychodd arno'n fanwl i weld a oedd o'n blwm. Mae'n rhaid ei fod, oherwydd sodrodd ef yn y bwced dŵr ger y stof nes roedd y stêm yn codi'n gymylau.

Roedd meddyliau Padi yn dal yn Rhif Tri.

"Ond ddylen nhw ddim ypsetio hi fel'na a'r ecsams yn dod mewn rhai wythnosau."

"Mae ffordd pawb yn wahanol 'sti, Padi . . . mae gweiddi'n hyll ar ei gilydd yn ffordd naturiol o fyw i rai. Tria di fynd i'r canol rhyngddyn nhw, ac mi gei di weld yn bur handi fod gwaed yn dewach na dŵr . . ."

Ysgydwodd ei ben. Doedd o ddim mewn gwirionedd eisiau siarad am ei gymdogion. Doedd o ddim yn hoffi'r un o'r tri. Roedd Winstone yn rhy ffals, Harriet yn rêl ladi-da a Tracey, roedd Tracey yn . . . wel, a bod yn onest hefo fo'i hun, roedd o'n ei gweld hi yn rêl hen hwran fach yn ei hosgo a'i hystum. Nid na fyddai'n rhannu'r ddelwedd honno â neb, dim hyd yn oed gyda Padi, ond rhyw dueddu i beidio â dweud dim am neb fyddai Tom Ellis. O leia o wneud hynny mi fyddai'n sâff!

"Mi glywist ti am Dic y Foel?"

"Do, yn y Leion neithiwr . . . sut mae o?"

"O Dduw! Glywaist ti ddim? Mae o wedi marw, 'achan, ac mae'r Polîs yn holi rownd heddiw, amau ei fod o wedi'i fwrdro."

"Argol!"

"Mi fuodd Alun y mab ar y ffôn p'nawn ddoe isho i mi neud arch, ond fedrwn i ddim mynd at y corff tan ar ôl y *post mortem*. Roedd o'n sleifar o ddyn 'sti . . . dwylath a thair os oedd o'n fodfadd siŵr gin i . . ."

Amneidiodd i gyfeiriad ei 'joban nesa'.

"Fydd honna'm digon 'sti . . . mi fydd rhaid i mi wneud un sbeshal i Dic y Foel . . . Duw, wyt ti ar dy ffordd adra?"

"Yndw."

"Dos â'r procer yma i Martha, wnei di? Mi sbarith drip fyny'r allt i mi."

* * *

Damnio a rhegi'i rhieni y bu Tracey drwy'r dydd. Roedd hi'n gwybod fod rhaid iddi ddianc i rywle rhagddyn nhw. Sut medren nhw fod mor naïf? Roedd hi isho sgrechian, isho rhwygo'i gwallt o'i phen. Ych a fi, roedden nhw'n droëdig!

Roedd hi wedi cael gwefr wrth sticio cyllell Ron

Bach yn nheiars car ei thad. Dyna'i chyfle hi i ddechrau talu'n ôl am y blynyddoedd roedd hi wedi dioddef. Roedd hi'n dal i glywed ei lais yn edliw . . .

"Taswn i ddim ond wedi cael mab, dim ond un mab . . ." neu "Mi fedrwn wneud rhywbath ohonat ti tasat ti'n hogyn . . ."

Oedd, roedd cael merch wedi bod yn stwmp ar ei stumog, a hi oedd wedi gorfod dioddef, ac wedi gwneud hynny gydol y blynyddoedd ond, rŵan, roedd ei hawr hi'n dod. Mi fyddai hi'n dangos iddyn nhw, a'i ffordd hi o wneud hynny oedd eu gorfodi nhw i'w gorfodi hi i adael cartref.

Roedd hi ers peth amser wedi dechrau goryfed a chadw reiat yn y Leion. Roedd Dave wedi'i thaflu hi allan ddwywaith, ond roedd hi'n amlwg nad oedd ar fwriad dweud wrth ei thad, felly roedd Tracey wedi penderfynu mynd at Dorothy Rowlands.

Doedd hi'n ddim cyfrinach o gwbl i drwch poblogaeth Crychlyn pam bod Dorothy Rowlands yn gwisgo dillad drudfawr, ac yn fflasho papurau degpunt fel tasan nhw'n bres Monopoli. "Crac" roeddan nhw'n galw'i thad . . .

* * *

Roedd Magi Sent wedi bod yn rhy dawel, a gallai Robat John synhwyro fod yna rywbeth mawr yn poeni'i fam. Doedd hi ddim wedi torri dau air er pan aeth y dyn cownsil allan. Mi fuodd yn 'roffis yn y cefn am yn hir, a phan ddaeth yn ei hôl roedd golwg wyllt arni.

"Be sy matar, Mam?"

"Dim byd i chdi gyboli dy ben hefo fo."

"Mae petha'n giami yndi?"

Ysgydwodd ei fam ei phen. Roedd Robat John wedi disgwyl ffrwydrad ar ôl ei gwestiwn busneslyd, ond wnaeth yr hen wraig ddim oll namyn ysgwyd ei phen.

" 'Dan ni dros ein pennau a'n clustia . . ."

"Faint?"

"Be 'ti'n 'feddwl faint?" roedd min yn ôl ar y llais.

"Faint dros ein pennau a'n clustia?"

"Ma isho mil mewn 'chydig ddyrnodia, dw inna wedi gwagio'r cownt wrth gefn ers tro."

"Mil!"

"Wyth gant i Morris an Roberts, neu chawn ni ddim 'chwanag o fwyd, a dau gant i Harold Becar."

"Mi 'tala i o . . ."

"Be?!"

"Mi 'tala i o."

"Lle wyt ti'n mynd i gael mil o bunna?"

"Mae o gin i."

"Gin ti? Yn lle leciwn i wybod?"

"Mae o gin i, reit! Dwi wedi bod yn hel . . . yn slo bach . . ."

"Wedi bod yn dwyn rwyt ti'r trychfil bach!"

"Naci!"

"Dwi'n gwbod . . ." dechreuodd y llais feinio, a chodi pitsh, yna'r un mor gyflym distawodd. Roedd llygaid Robat John yn ei thyllu.

"Wedi hel . . . yn slo bach, fesul deg ac ugian punt . . . mil o bunnau."

Roedd o'n gwybod y byddai'r ergyd yn cyrraedd adre. Cochodd Magi Sent at fôn ei chlustiau. Doedd bosib . . . ? Ond dyna ddeudodd o, wedi hel yn slo bach. Trodd ei chefn ar ei mab, a chan fwmial rhywbeth am yr hen ddyddiau, aeth o'i olwg.

* * *

Roedd yr haul yn taro'n boeth unwaith eto y dydd y rhoddwyd gweddillion Dic y Foel i orffwys ym Mynwent y Plwy. Taerai rhai o hen bobl y pentre na welsant gynhebrwng mor fawr erioed yng Nghrychlyn. Roedd ceir a cherbydau wedi parcio am hanner milltir dda o boptu'r fynwent, a Hefin Prichard Plisman yn ceisio peidio â gwylltio gormod wrth symud y traffig, am ei fod o'n gwybod fod y Prif Arolygydd Pugh yn y cynhebrwng hefyd.

I drigolion y pentre, rhan ddifyrra'r dydd oedd ceisio adnabod y dieithriaid oedd yn yr arwyl, ac roedd mwy nag un wedi sylwi ar y gŵr tal penfelyn oedd yn sgwrsio'n daer y tu allan i'r fynwent gydag Emlyn ap Tomos, twrnai a chyfreithiwr Dic y Foel.

PENNOD 3

TAFLODD Harri Nantlle-Roberts y ffôn yn ôl i'w grud, ac edrychodd ar Rod. Lledodd gwên lydan dros ei wyneb.

"Mae Svenson wedi llwyddo i brynu'r goedwig!"

Rhwbiodd ei ddwylo gyda'i gilydd. Dyna ran gynta'r cynllun wedi'i chwblhau.

"Doedd neb yn amau dim, medda fo. Mab y Foel wedi gwirioni ei fod o wedi cael cymaint amdani, ac wedi llyncu'r stori mai tacs doj i filionêr o Sweden oedd hi! Mae gan bawb ei bris yli, ac er fod Svenson wedi gorfod talu ddwywaith cymaint i'r mab, mae'n dal yn rhad . . ."

Cododd Harri'i fys ac ysgydwodd ef yn ôl a blaen wrth siarad.

"Os llwyddwn ni yn hyn, Rod, mi fyddi di ac mi fydda i yn ddynion cyfoethog iawn!"

Roedd y llygaid duon, dyfnion yn fflachio. Ar adegau fel hyn, pan fyddai'r adrenalin yn llifo, ymdebygai Harri Nantlle-Roberts i eryr. Nid yn gymaint y llygaid, ond y trwyn bwaog a'r crop isel o wallt brithwyn. Hyd yn oed yn ôl safonau teledu Cymreig gellid galw Harri yn fogwl, ac roedd o'r math gwaethaf o fogwl. Roedd o wedi arfer malu a chwalu dynion. Doedd dim lle i weiniaid ar y top. 'Trechaf treisied gwanaf gweinied' oedd ei arwyddair. Mae'n wir i ias gerdded ei gorff pan glywodd am lofruddiaeth Dic Williams, ond roedd y digwyddiad hwnnw wedi ei anghofio'n syth. Cerdded y llwybr oedd yn bwysig, ac roedd y llwybr hwnnw'n arwain at gyfoeth mawr.

Gŵr uchelgeisiol ac awyddus i blesio oedd Roderick Jones ac, os gallai blesio Harri Nantlle-Roberts, roedd ei gwpan yn llawn. Roedd o'n berchen grŵp o gwmnïau teledu annibynnol mwya Cymru, ac er mai yn y Brifddinas yr oedd gwreiddiau ei gwmnïau, roedd wedi bod â'i fryd ers tro ar ehangu i Wynedd ac ymestyn ei ymerodraeth.

Cododd Harri ar ei draed, aeth at y ffenest ac edrychodd allan dros Fae Caerdydd.

"Mi feddyliais i erioed mai yma, yng Nghaerdydd, yr oedd y pres mawr i'w gwneud . . . pwy feddyliai y gellid gwneud pacad golew yng Nghrychlyn o bob man yn' de?"

"A'r cwbwl ar stepan ddrws dy blentyndod di!"

"Rŵan mae'r gwaith yn dechrau, Rod! Mae gen ti a minnau waith braenaru'r tir . . . gwaith ciniawa a pherswadio. Mi fydd yna bedwar gŵr allweddol bydd rhaid i ni eu cael o'n plaid . . . un aelod o'r Awdurdod Datblygu . . . un aelod o Awdurdod y Sianel . . . un swyddog o'r cyngor lleol, ac yn ola . . . un Aelod Seneddol."

"Lle 'ti isho i mi ddechrau?"

Aeth Harri i ddrôr ffeiliau ac, wedi ymbalfalu am ennyd, estynnodd ddalen o bapur.

"Mi fydd dy job di'n haws nag roeddwn i'n 'feddwl! Mi gei di fynd am Wynedd a Chrychlyn yfory. Ffonia'r Cyngor Dosbarth a gofyn am gyfweliad hefo Sam Elliott, y Prif Weithredwr."

Estynnodd y ddalen bapur i Rod.

"Gwna gopi o hon . . . paid sôn dim wrtho fo am y cysylltiad â Sweden ar hyn o bryd; 'dan ni ddim isho neb yn synhwyro stori. A chofia ddeud wrtho fo ei bod hi'n bwysig cadw hyn oll yn dawel ar hyn o bryd. Rhaid i ni geisio sicrhau'r tir a'r safle cyn gwneud dim. A chofia mai cydweithrediad Mr Elliott 'dan ni isho . . . paid sôn gormod am be sydd ar honna, ond sonia am *Capital Leisure* . . . jyst iddo fo gael gwybod ein bod ni'n gwybod, ac mi gaiff o leia hanner can mil pan fydd y stiwdio ar ei thraed. Dwi wedi siarad hefo fo, ryw bythefnos neu dair wythnos yn ôl, ac mae o fod i drefnu i ni'n dau gwarfod rhyw gynghorydd lleol . . ."

Edrychodd Rod ar y ddalen bapur. Roedd arni bob math o wybodaeth am Sam Elliott. Rhifau a balansys ei gyfrifon banc. Ei gysylltiadau â chwmnïau eraill. Ei gyfeillgarwch â dau Aelod Seneddol. Ei feistres a oedd hefyd yn gynghorydd. Ugain mil o bunnoedd a dderbyniodd gan *Capital Leisure* am gefnogi Parc Chwarel Deudwll . . . ac ymlaen ac ymlaen. Ysgydwodd Rod ei ben.

"Lle gythral 'ti'n cael gwybodaeth fel hyn?"

"Pan wyt ti yn y gêm yma, dyma ydi dy bŵer di, Rod . . . y gallu i brynu gwybodaeth am dy ddarpar elynion!"

"Faint yn union mae Sam Elliott i fod i gael gwybod?"

"Tyrd â dy gadair i fa'ma, a chym'ra nodiadau. Y peth pwysica i'w bwysleisio ydi deud mai stiwdio i'r Sianel fydd hi, ac y bydd hi'n dod â hanner cant o jobsys yn ei sgil . . ."

* * *

Aethai dyddiau hirion heibio, a bu'n rhaid i'r heddlu gyfaddef nad oedden nhw fawr nes at ddatrys llofruddiaeth Richard Williams y Foel. Roedden nhw wedi darganfod olion teiars moto-beic ar gwr deheuol y goedwig, ac wedi cribinio'n fanwl y lonydd culion a arweiniai oddi yno. Dar-ganfuwyd y gwaed ger y ciosg lle sychodd y llofrudd y pastwn ac, ymhen ychydig, darganfuwyd y pastwn hefyd. Ond roedd y llofruddiaeth ei hun yn dal yn ddirgelwch.

Roedd y sioc gynta wedi cilio o'r pentre, a doedd lladd Dic y Foel erbyn hyn yn ddim byd ond 'un o'r petha 'ma sy'n digwydd'. Roedd y stori'n dew yn y pentre fod Alun y Foel yn bwriadu gwerthu Coed Crychlyn i dramorwr a, chan mai un o genod swyddfa Ap Tomos Twrnai ddywedodd hynny yn y Leion, roedd hi'n rhaid fod yna goel i'r stori.

Roedd y Prif Arolygydd Pugh wedi smocio pwysi o faco wrth geisio datrys llofruddiaeth Richard Williams. Roedd o a'r tîm wedi cribinio drwy bob manylyn o dystiolaeth, ond doedd hynny ddim wedi esgor ar unrhyw fath o esboniad nac eglurhad am y farwolaeth.

Roedd olion y moto-beic yn olion ffres, ond doedd neb wedi gweld na chlywed dim. Roedd o wedi cysylltu â swyddfa'r twrneiod yn Llundain, ac roedd rheini wedi cadarnhau iddyn nhw wneud ymholiadau ar ran cleient o Sweden, a dim mwy. Roedden nhw hefyd wedi cadarnhau fod eu cleient erbyn hyn wedi taro bargen gydag Alun Williams.

Roedd Pugh yn amau fod y llofrudd, fwy na theb-yg, wedi dianc ar droed drwy'r goedwig tuag at guddfan ei foto-beic, ei fod wedi gyrru oddi yno ac wedi aros ger y ciosg i gael gwared â'r pastwn. Pwy oedd o, a beth oedd y cymhelliad, doedd gan Pugh ddim syniad.

Doedd gan yr un enaid byw yn y gymdogaeth air drwg am Richard Williams, a doedd dim argoel o gwbl fod yna unrhyw ddrwgdeimlad na gwaed drwg rhwng y tad a'r mab. Roedd y cyfan yn ddirgelwch llwyr.

Ond roedd un peth yn bendant sicr. Roedd Richard Williams wedi'i lofruddio. Wedi'i daro'n anymwybodol gan yr ergyd gynta ac yna, mewn gwaed oer, wedi'i ladd gan ail ergyd.

* * *

Yn Rhif Un nid oedd fawr ddim wedi newid mewn deugain mlynedd. Er pan oedd yn blentyn, mi fyddai Robat John yn gadael golau'i lofft ynghyn drwy'r nos. Os byddai'n lwcus, mi fyddai'n cysgu o un ar ddeg o'r gloch tan chwech neu saith o'r gloch y bore, a phan ddigwyddai hynny roedd o'n Robat John Da, ac mi fyddai'i fam yn codi'n gynnar ac yn gwneud brecwast mawr iddo tra siaradai'n ddistop. Weithiau fodd bynnag, mi fyddai'n methu cysgu. Roedd wyneb ei dad yn dod rhyngddo â huwcyn, ac mi fyddai'n gweiddi yn union fel y byddai'n arfer gwneud pan oedd yn hogyn bach.

"Maaaaam!"

Distawrwydd.

"Maaaaaam!?"

"Ie?"

"Dwi'n methu cysgu . . . mae'i wynab o'n fa'ma!"

Byddai oedi arferol cyn dôi'r ateb. Yn ystod y

blynyddoedd ola hyn, fe allai'r oedi fod yn gymaint
â deng munud. Byddai Robat John yn clywed
bariau'r drws yn cael eu hagor. Byddai'n clywed
sŵn y traed yn cilio, yna deuai'r llais.

"Tyrd trwadd 'ta."

Doedd Robat John ddim isho bob tro. Weithiau,
byddai clywed llais ei fam yn ddigon, ond roedd
min ar y llais hwnnw pan ddeuai'r un frawddeg yr
ail neu'r trydydd tro.

"Tyrd trwadd 'ta!"

Oediad.

"ROBAT JOHN! Tyrd trwadd!"

A Robat John Drwg fyddai'n agor drws ei stafell
wely, yn croesi'r landing, yn dringo i'r gwely yn y
tywyllwch, ac yn cyrlio'i hun yn belen a'i gefn at ei
fam. Robat John Drwg fyddai'n crynu gan ofn y
cyffyrddiad cynta pan ddeuai'r llaw a ysgydwodd ei
grud i ysgwyd ei feddwl.

Ambell dro, roedd Robat John Drwg yn cael ei
gloi yn ei stafell drwy'r nos. Byddai'n mygu yr
awydd i alw ar ei fam, ac yn dianc drwy'i ffenest i
Goed Crychlyn. Dianc yn ei ddillad nos, a cherdded
rhwng y coed yn droednoeth. Roedd yn teimlo'n
well yno. Teimlo'r glaswellt a'r dail crin yn wlyb a
meddal, neu weithiau'n sych a chaled dan draed.
Gafael mewn boncyff a'i risgl garw ac anwesu'r
pren fel pe bai'n berson byw. Byddai'n cau ei lygaid
yn dynn, ac yn gwrando ar y distawrwydd drwy'r
düwch. Hedai ambell dylluan heibio ond y fo,
Robat John Drwg, oedd piau Coed Crychlyn yn
oriau'r nos. Doedd yna neb yn cael tresmasu yma.

Unwaith daeth ar draws dau gariad, y ddau wedi
ymgolli cymaint yn eu chwant am ei gilydd fel na

welsant ei gysgod dros y llannerch. Hwtiodd a sgrechiodd, a thaflodd ddwy garreg i'w cyfeiriad. Dianc wnaethon nhw, gynted ag y gallai eu traed eu cario oddi yno.

Byddai'n aros yno yn y goedwig tan godiad haul cyn mynd o lech i lwyn am adre. Gwisgai'n gyflym a gwnâi baned iddo'i hun, a phan godai ei fam ni fyddai gair yn cael ei dorri nes roedd hi'n naw o'r gloch, a'r ddau yn y siop.

Yn ddieithriad, ar y boreau hynny pan fyddai Robat John Drwg yn teyrnasu, byddai ei fam yn gwasgu papur decpunt i'w law.

"Pryna rwbath i chdi dy hun," byddai hi'n dweud heb edrych arno o gwbl.

* * *

Daeth Rod i mewn i stafell Harri Nantlle-Roberts. Roedd yn wên o glust i glust.

"Mae Sam Elliott hefo ni yr holl ffordd! A mwy na hynny, er fod yna bedwar tŷ ar y safle, cynghorydd lleol pia tri ohonyn nhw, y boi Winstone Mason yma byddwn ni yn ei gwarfod dros swpar, a dynas mewn dyled dros ei phen bia'r llall."

Canodd cloch ar ei ddesg.

"Dim rŵan, Elin!"

"Rhys Tecwyn, Mr Roberts."

"A! Rhys Tecwyn . . . ol reit, gyrra fo i mewn."

Cododd Rod. Ei fwriad oedd gadael gan feddwl fod gan Harri fusnes personol i'w drafod, ond ysgydwodd Harri'i ben.

"Aros . . . ella dysgi di rwbath!"

Agorodd y drws a daeth gŵr ifanc i'r stafell. Pump

ar hugain, meddyliodd Rod. Boi trendi, yn hoff ac yn genfigennus o'i fòs.

"Rhys Tecwyn!"

"Ia, Mr Roberts."

"Ti'n dipyn o ffleiar, Rhys?"

Gwenodd hwnnw'n wirion arno. Cynhyrchydd oedd o, ac un da wrth ei waith.

"Dwi 'di clywad canmol i dy waith di . . ."

"Diolch, Mr Roberts, dwi'n trio 'ngora."

Taflodd Harri amlen ar y ddesg o'i flaen.

"Agor o, a darllan o."

Daeth Rhys Tecwyn at y ddesg ac agorodd yr amlen. Tynnodd lythyr ohoni ac, wrth iddo'i ddarllen, gwelodd Rod ei wyneb yn gwelwi.

"Ond . . . ond . . . "

"Instant!" cyfarthodd Harri yn ei wyneb.

"Ond pam? Be dwi wedi'i neud?"

"Agor dy hen geg mewn lle na ddyliat ti ddim!"

"Lle 'neno'r dyn? Wn i ddim be dach chi'n 'feddwl?"

"Y basdad gwirion! Fuost ti'n sôn am y gyfres newydd, y peilot ddaru ni wsnos dweutha . . ."

"Ond doedd . . ."

"Roedd 'na glustia'n gwrando, mêt, ac fe allai dy siarad di fod wedi costio can mil mewn comisiwn i ni."

"Ond doedd . . ."

"Allan! A phaid ti â dod yn agos i'r un cynhyrchiad y bydda i ynglŷn â fo byth eto! Dallt?"

Ac allan yr aeth Rhys Tecwyn, a'i fyd yn deilchion ac yn methu dweud dim. Pan gaeodd y drws o'i ôl, daeth gwên yn ôl i wyneb Harri.

"Reit! Crychlyn! Lle'r oeddan ni dywad?"

"Mae Sam Elliott hefo ni, bob cam o'r ffordd. Mae o wedi trefnu i ni fynd i fyny i gwarfod y cynghorydd lleol. Dyn hawdd creu argraff arno fo. Siwtiau, cesys lledar, talu am fwyd ac mi fydd o'n bwyta o'n dwylo ni . . . Dwi wedi gweld y safle, mae o'n berffaith i be mae Svenson isho. Unwaith y bydd o wedi ffensio'r goedwig, dim ond tywydd braf fydd o isho!"

Gwenodd Harri.

"Mae gin inna dipyn o newydd hefyd. Mi gawn ni hanner cant y cant gan yr Awdurdod Datblygu, hyd at bedair miliwn o bunnau . . ."

"Arglwydd! Sut cest ti wybod hynny mor sydyn?"

Anwybyddodd Harri'r cwestiwn.

"Yr unig amod ydi, mi fydd rhaid i'r cynllun busnes stacio i fyny, ac mi fydd gofyn i ni fedru profi y medrwn ni gyfrannu o leia chwarter y cyfalaf o'r sector breifat."

"Arglwydd mawr! Mae hynny'n ddwy filiwn o bunnau!"

"O yndi."

" 'Toes gen i ddim pres fel'na i'w roi mewn."

"Dw inna ddim yn bwriadu rhoi pres fel'na i mewn chwaith."

"Ond sut . . . ?"

"Svenson . . . os ydi o cymaint o eisiau'r stiwdio, mi gaiff o roi miliwn a hanner o flaendal, ac mi rown ninnau ddau gant a hanner yr un . . . mi fedri di roi hynny 'medri?"

Llyncodd Rod ei boer.

"Mi fedrwn ni godi hynny gydag amser . . . codi morgais ar eiddo . . . rhyw gan mil fedra i roi yn syth . . ."

"Yli, mi ro i bedwar can mil, rho ditha gan mil."

"Os ydi hynny'n iawn gen ti . . ."

"Dim problem."

"Be am y ddwy filiwn arall?"

"Awdurdod Lleol a'r Sianel. Mae'r Sianel yn rhoi miliwn at yr adnoddau, sydd i'w dalu'n ôl dros bum mlynedd, ac mae'r Aelod Seneddol yn ffyddiog y medar o berswadio'r Cyngor Sir i gyfrannu grant cyfalaf, ac mi gawn ni dair blynedd o ras ynglŷn â'r dreth gan y Cyngor Dosbarth . . . a dyna i chdi bacej go deidi."

"Ac wyt ti'n meddwl y gweithith hi?"

"Dwi'n deud wrthat ti, pan werthwn ni hi mewn tair blynedd, mi gawn ni'n dau bum miliwn gan Svenson am ein siâr ni ac, erbyn hynny, mi fydd yn werth efallai deg neu ddeuddeg. Mi fydd ein hanner miliwn ni yn werth dengwaith mwy, a dyna ni yn filionêrs!"

"Arglwydd, mi fydd rhaid i ni fod yn ofalus . . . "

Ond doedd Harri ddim yn gwrando.

"A mwy na hynny, mi gawn ni ddefnydd y stiwdio am dair blynedd, a'r elw a ddeillia o hynny!"

* * *

Roedd y gwahoddiad a gawsai Winstone gan Sam Elliott wedi bod yn corddi yn ei feddwl. Teimlai ryw gynnwrf wrth feddwl am y peth. Rhaid ei fod yn rhywbeth go bwysig, ond roedd Sam Elliott fel pe bai wedi'i osgoi er pan ddaethai Eifion Crîm Cêcs â'r neges iddo. Unwaith yn unig y daethai wyneb yn wyneb ag ef ac roedd hynny dridiau yn ôl yng nghyntedd Swyddfeydd y Cyngor.

Roedd hi'n amlwg nad oedd am aros i sgwrsio.

"Winstone! 'Ti'n cofio am nos Wener?"

"Yndw . . ."

"Grêt! Wela i di . . . rhaid i mi fynd . . . gin i bwyllgor yn Golwyn Bê yli."

A ffwrdd â fo fel storm.

Pam? Dyna'r cwestiwn losgai feddwl Winstone. Pam fod Prif Weithredwr y Cyngor Dosbarth isho prynu pryd o fwyd iddo fo? Mae'n rhaid ei fod o isho rhywbeth, isho barn neu gefnogaeth. Roedd hynny yn gwneud i Winstone deimlo'n bwysig.

* * *

Roedd Tracey mewn cyfyng-gyngor. Roedd hi wedi bod yn meddwl ac yn meddwl am ei phenderfyniad i adael cartref a newid cwrs ei bywyd ac, er nad oedd dim wedi newid ei meddwl am hynny, roedd hi erbyn hyn yn teimlo rhywfaint o euogrwydd am yr hyn a wnaethai, yn enwedig difrodi car ei thad.

Doedd y sgwrs a gawsai gyda'r Gwyddel drws nesa ddim wedi lleddfu dim ar ei chydwybod 'chwaith, ac roedd yr hen olwg yna yn ei lygaid o . . . Gwenodd Tracey wrth gofio Padi'n gwrido.

"Ydych chi'n cael llonydd i gweithio, Miss Mason?"

"Nytar," meddai hithau wrthi'i hun pan glywodd frawddeg agoriadol Padi yn y Leion. Mân siarad, trio cychwyn sgwrs roedd o. Roedd hi wedi'i weld o'n stwyrian ger y bar ers meityn, ac roedd o wedi edrych unwaith neu ddwy arni hithau yn y gornel ar ei phen ei hun. Roedd hi wedi sylwi arno'n llyncu'i boer cyn cerdded ati.

"Gweithio 'chydig, ac enjoio 'chydig, Padi!" Cod-odd ei gwydryn ac yfed ei gynnwys. "A gyda llaw, Tracey ydi'r enw . . ."

"Iawn . . . Tracey . . . ga i nôl diod i chi?"

"Arglwydd mawr! Galwa fi'n *ti* wir dduwcs, ti'n g'neud i mi deimlo'n hen! Gofyn i Dave am yr arfer-ol."

Gwridodd Padi, ac aeth â'r gwydr at y bar. Bobol annwyl roedd hi'n dlws, ac roedd ei galon yn rasio. Gallai ei gicio'i hun am ofyn cwestiwn mor wirion iddi.

"Diod i Tracey, Dave?"

Gwyliodd Dave yn rhoi fodca dwbwl a mesur o *Tía Maria* yn y gwydr cyn ei lenwi i'r ymylon â *Coke*.

"Dwy bunt pum deg, Padi."

Aeth Padi'n ôl at Tracey.

"Beth yn y byd ydi hwnna?"

"Black Russian."

"Ydi o'n neis?"

"Am tw ffiffti y shot mi ddylia fod myn uffar i!" A chwarddodd i wyneb Padi.

Doedd Padi ddim yn siŵr am funud oedd hi'n gwneud sbort am ei ben, ond chwerthin ddaru yntau. Bu distawrwydd am ychydig. Ceisiodd Padi gychwyn sgwrs eto.

"Ca'dd dy dad teiars wedi slasho nos o'r blaen."

Doedd hi ddim yn gwybod yn iawn sut i ymateb. Oedd Padi'n gwybod rhywbeth?

"Can punt gostiodd o. Gynno fo ddigon cofia . . ."

"Nid dyna'r *point*, Tracey. Pwy fydde isho gwneud peth fel'na i dy dad? Mae o'n helpu pawb yn y pentra yn' tydi?"

Er nad oedd Padi'n hoffi Winstone fel person, doedd dim gwadu nad oedd o'n weithgar yn ei gymuned. Edrychodd Tracey yn syth i'w wyneb. Doedd hi ddim wedi sylwi arno'n fanwl o'r blaen. Roedd o'n gyfan gwbl o ddifri, ac roedd y pendantrwydd yn ei lais yn gwneud iddo swnio'n ŵr o awdurdod. Rŵan, pe bai hwn yn tynnu'i sbectol, yn torri'i wallt yn fwy trendi . . .

Yn sydyn, sylweddolodd Tracey ei bod yn syllu i fyw ei lygaid, a'i fod yntau'n edrych arni hi ac yn gwrido. Ei thro hi oedd llyncu'i phoer rŵan, cyn codi a dweud mewn llais bach:

"Mi goda i beint i chdi rŵan. *Guinness* ia?"

"Naci! *Black Russian*. Mi dala i!"

Gwenodd y ddau ar ei gilydd.

* * *

"Rhyfadd fel ma'r hin yn newid mewn 'chydig ddyddia."

Dyna ddywedodd Tom Bach Saer wrtho'i hun wrth estyn am ei focs baco y noson honno. Roedd o bron â throi'n ôl i'r tŷ i nôl ei dop côt, ond na, nos yfory efallai. Er ei fod o'n teimlo rhywfaint o ias, mi fyddai'n ol reit heno.

Hedodd ei feddwl yn ôl i'r machlud coch hwnnw. Roedd o'n cofio'r noson y bu Dic y Foel farw. Noson boeth, braf – mor wahanol i heno rywsut. Doedd yna fawr ddim i'w weld tua'r gorwel, ond hen dawch bygythiol a hwnnw'n dod yn nes ac yn nes. Trodd Tom a gorffwys ei gefn ar y ffens.

"Nefi blw blac!" meddyliodd, wrth edrych ar

Grychlyn Uchaf. Sut ar wyneb y ddaear y taflwyd y fath gymysgfa o bobol i'r un crochan? Roedd hon yn lobscows o stryd!

Fel yr oedd pethau wedi newid er pan ddaethai o a Martha yma gynta. Roedd y pedwar teulu'r pryd hwnnw, er yn mynd i wahanol gyfeiriadau yn ystod oriau gwaith, yn dod at ei gilydd bron yn ddi-eithriad gyda'r nosau. Nos Lun – Band-o-Hôp, a fonta fel Arolygwr yn mynd â Robat John, Eifion Robaitsh ac Ifan Hughes i'w ganlyn i lawr i Ramoth. Nos Fawrth – Cyfarfod Gweddi, a'r dynion a'r plant hŷn yn cydgerdded. Nos Fercher, am y Leion yr âi Tom, ac ambell noson deuai Pyrs Bach yn gwmni iddo. Nos Iau – noson Seiat, a'r teulu-oedd oll yno. Nos Wener oedd yr unig noson pan âi pawb ar chwâl.

Erbyn heddiw, doedd o byth yn gweld Magi Sent na Robat John. Ambell i how-di-dw, neu godi llaw yn y car. Mi roedd Padi yn gymydog da, ac roedd o'n ei weld o yn reit aml, ond am bobol Rhif Tri, ni welsai Tom gymdogion salach erioed.

Doedd o erioed wedi cymryd at Winstone Mason. Roedd o'n ei weld o'n dipyn o hen sinach, fel ei dad o'i flaen. Dod i Grychlyn o Ddyffryn Ogwen wnaethai'r hen Ellis Mason, ac roedd yna straeon wedi dod i'w ganlyn mai cael ei hel o'r chwarel gan ei gyd-weithwyr ddaru o. Wyddai neb yn iawn pam, ond fyddai Ellis Mason byth yn sôn am ei gyfnod yn y chwarel.

Roedd Harriet Mason yn amgenach person, ond roedd hithau, yn sgil pwysigrwydd ei gŵr, wedi tyfu'n wraig bwysig. Y rhyfeddod i Tom oedd ei bod hi'n fodlon byw mewn tŷ fel Rhif Tri. Ar gyrion y

61

pentre, neu ochrau'r dre roedd ei lle hi, hefo crach y ddau gar, y garafán a'r gwyliau tramor tragywydd.

Erbyn hyn, roedd gan Tom drueni am Tracey. Doedd Winstone erioed wedi celu'r ffaith mai mab roedd o'i eisiau, a gwyddai'r gymdogaeth oll nad oedd yna fawr o Gymraeg rhwng y tad a'r ferch. Roedd Tom wedi bod yn ei dysgu yn yr Ysgol Sul am flynyddoedd, ac roedd hi'n eneth ddymunol a chwrtais, ond yn ddiweddar roedd hi'n amlwg iawn nad oedd ei magwraeth gynnar wedi gadael fawr o ôl arni. Sawl gwaith roedd Tom wedi'i gweld yn ymbalfalu i fyny'r Lôn Gul wedi awr neu ddwy yn y Leion?

Ond wedyn, efallai mai ei ragfarnau o oedd yn camliwio ei gymdogion? Roedd un peth yn sicr, petai Gron Bach wedi cael byw, ni fyddai Tom yn hoffi'i fagu yng Nghrychlyn heddiw.

Stwmpiodd ei sigarét, a chwythodd y mwg ola i fyny i'r awyr, cyn dweud yn dawel.

"Well imi wneud rhyw gymaint ar y joban nesa."

PENNOD 4

ROEDD Padi wedi bod yn cerdded ar gwmwl hud ers dyddiau. Fedrai o fynd i unlle na gwneud un dim byw heb weld wyneb Tracey yn gwenu o flaen ei lygaid.

Doedd o ddim wedi'i gweld hi er y noson honno yn y Leion, ond roedd pob eiliad o'u cyfarfyddiad wedi ei ail-fyw hyd at berffeithrwydd, ac roedd Padi dros ei ben a'i glustiau mewn cariad. Roedd o wedi dal ei hun yn hymian rhyw ganeuon serch wrth wneud bwyd. Roedd o wedi bod yn prynu potel o fodca, *Tía Maria* a *Coke*. Roedd o wedi ceisio amseru ei fynediad a'i ddyfodiad i gyd-fynd â symudiadau Tracey, ond wedi methu yn ei ymdrech i'w gweld ar ddamwain.

Roedd heno'n nos Wener, ac roedd Padi'n hymian canu ac yn yfed *Black Russians* y munud y cyrhaeddodd o'i waith. Pe gwelai Tracey'n gadael y tŷ, fe âi yntau i'r Leion, a waeth iddo iro ychydig ar ei lwnc cyn cychwyn ddim. Gallai ddarllen am ryw awr neu ddwy cyn swper.

Swper! Cofiodd nad oedd wedi cael dim byd ond brechdanau i ginio. Roedd o'n llwglyd. Roedd am baratoi pryd mawr iddo'i hun heno. Tatws, moron, grefi . . . Cymerodd ddracht arall o'i ddiod. Damia! Mi roedd hi'n ddiod neis, ac roedd blas 'chwaneg arni.

* * *

Roedd gan Tracey bethau amgenach ar ei meddwl na gwaith ysgol. Roedd hi wedi cael pedair sigarét am ugain punt gan Dorothy, ac roedd hi am smocio un heno tra oedd ei rhieni yn ciniawa. Dim uffar o beryg ei bod hi ar fwriad gwneud strôc o waith.

Roedd yr edliw mynych ynglŷn â gwaith ysgol, yr awgrymu cryf na wnâi ddim ohoni, roedd y cyfan wedi mynd yn fwrn arni. Roedd hi'n casáu'r oriau meithion a dreuliai uwchben ei llyfrau agored yn ei stafell.

Roedd y canolbwyntio wedi mynd ers dyddiau. Byth oddi ar y noson y bu'n sgwrsio â Padi yn y Leion. Roedd y llyfrau yn agored, a hithau'n rhythu ar ddim. Gadawai i'w meddwl grwydro'n araf, a breuddwydiai'n hamddenol am unrhyw beth dan haul. Unrhyw beth ond gwaith ysgol.

Yn aml byddai'r breuddwydion yn troi'n ffantasïau erotig. Câi ei chario'n braf ar adain dychymyg o freichiau Jimmy Geog, i freichiau Rhys Huws. Roedd hi'n dyheu am droi'r ffantasi yn ffaith, ac roedd hi wedi penderfynu gwneud hynny heno. Heno byddai gartref ei hun bach. Heno câi gyfle i ddianc. Dianc rhag ei rhieni, dianc rhag ei gwaith ysgol. Dim ond dianc.

Roedd hi wedi paratoi ei stafell yn ofalus. Roedd wedi estyn ei llyfrau, a'u hau blith-drafflith, rhai ar y gwely, eraill ar ei bwrdd gwisgo a'r llawr. Roedd hi wedi estyn un o gasetiau Eric Clapton a'i roi yn y peiriant stereo a, rhag ofn iddi fod yn sâl, roedd hi wedi cuddio powlen blastig a bocs o hancesi papur dan ei gwely. Ei bwriad oedd eistedd yn ei chadair ger y ffenest, smocio'r sigarennau, a chwythu'r mwg i'r nos.

"Tracey! 'Dan ni'n mynd!"

"O.K!"

"Byhafia!"

"O.K!"

"Cofia weithio!"

"O.K!"

"Fyddwn ni adra tua hannar nos!"

"Iawn!"

Wedi clywed clep y drws ffrynt, arhosodd am ddeng munud cyfan cyn mentro tanio. Aeth i'w bag ysgol, ac estynnodd ei chopi o'r *Geiriadur Mawr*. Yno, ynghanol y tudalennau, roedd pedair sigarét fflat. Estynnodd un ohonynt, a'i rhowlio orau medrai. Edrychodd ar y sigarét flêr am eiliad, cyn ei sodro yn ei cheg, tanio'i blaen a llenwi'i hysgyfaint â'r mwg.

Edrychodd drwy'r ffenest, a gwelodd fod Padi yn ei ardd ynghanol y rhychau tatws. Cododd ei llaw arno, ac aeth iasau rhyfedd i lawr ei hasgwrn cefn wrth ei wylio. Roedd hi'n cofio syllu arno yn y Leion.

Awch am fwyd yrrodd Padi i'r rhesi. Buasai'n darllen ac yn yfed am rai oriau cyn penderfynu dechrau paratoi pryd iddo'i hun. Roedd o wedi cymryd arno na welodd mo Tracey pan ddaeth hi i'r ffenest gynta, ond roedd o'n ciledrych arni drwy'r amser. Roedd o'n ymwybodol iawn o'r coesau brown, hir, a'r bronnau pigog, llawnion oedd yn gwthio dan ei blows a, phan welodd fod Tracey'n codi'i llaw arno, gwenodd yn llydan arni a chodi llaw yn ôl.

Aeth ymlaen â'i orchwyl, yn araf a bwriadol, ond daliai i daflu ambell edrychiad i'w chyfeiriad. Roedd o hefyd wedi sylwi ei bod yn smocio.

Roedd digon o datws yn y bwced eisoes iddo gael pryd sylweddol ond, am ryw reswm, symudodd droedfedd yn ei flaen, a chododd wlyddyn arall . . . roedd o'n dal i gadw un llygad ar ffenest llofft Tracey.

Roedd blas da ar y sigarét. Roedd wedi ei hysmygu yn gyflym, yn rhy gyflym efallai. Roedd popeth yn edrych yn afreal. Edrychodd Tracey unwaith eto ar Padi yn y rhychau tatws. Roedd o wedi diosg ei grys, ac roedd chwys yn llifo'n loyw hyd hanner uchaf ei gorff. Gyda phob swalo gymerai o'r sigarét, roedd tawch tew yn dechrau amgylchynu Padi, ac roedd o yno yn ceibio'n ddilywodraeth nes sbydu'r pridd i bob cyfeiriad.

Roedd hi'n gweld y gewynnau yn tynhau ac yn llacio fel y codai ac y disgynnai'r gaib. Rhywle ym mhlygion ei drowsus roedd cala fawr luniaidd yn barod amdani hi. Roedd hi'n dychmygu'i hun yn edrych i fyw y llygaid glas, y cyhyrau a'r cnawd chwyslyd yn cyffwrdd ei meddalwch hi, hithau'n clymu'i choesau am ei ganol a'i wasgu'n dynn i'w hymysgaroedd.

Caeodd ei llygaid a chodi. Rhwbiodd ei bronnau drwy'i blows a chaeodd ei llygaid. Dyma'i dihangfa.

"Padi!" gwaeddodd.

Gwelodd ef yn codi'i ben, a thrwy'r tawch fe ddangosodd res o ddannedd gwynion perffaith. Diosgodd ei ddillad yn y rhychau tatws, a gwelodd Tracey ef yn llamu'r clawdd yn noethlymun. Ymhen ychydig eiliadau, clywodd y drws cefn yn agor a sŵn traed ar y grisiau . . .

* * *

Roedd Harriet Mason yn flin. Mynd allan am ginio, iddi hi, oedd cael pryd o fwyd tra eisteddai wrth yr un bwrdd â'i gŵr. Mae'n wir iddi fod mewn ugeiniau o giniawau er pan etholwyd Winstone ar y Cyngor Dosbarth, ond dyma'r tro cynta erioed iddo ddweud wrthi ei fod ef a thri arall yn bwriadu ymneilltuo i stafell breifat i fwyta ac i drin busnes.

"Mae hyn yn bwysig," oedd ei eiriau. "Mi all olygu lot fawr o bres i ni. Y cyfle yr ydan ni wedi'i ddisgwyl . . . sicrwydd am y dyfodol i Tracey."

"Cinio gyda Phrif Weithredwr y Cyngor ddeudist ti . . ."

"Cinio preifat . . . beth bynnag, mi fydd yn gyfle i ti ddod i 'nabod ei wraig o'n well, a gwragedd pobol eraill sy'n ffigyrau cenedlaethol."

"Crach!"

"Harriet! Mae hyn yn bwysig. Cred fi. Doeddwn i ddim yn ymwybodol ein bod ni'n bwyta ar wahân neu mi fuaswn i wedi deud. Beth bynnag, dim ond yn y stafell nesa y bydda i."

Ac fel y wraig ufudd a fu gydol yr amser y buasai Winstone yn gynghorydd, gwenodd Harriet Mason yn ddel ar Esme Elliott, gwraig y Prif Weithredwr, a ddynesai ati, ac estynnodd ei llaw.

"Hello, Mrs Elliott, how nice to see you again . . ."

* * *

Cyrhaeddodd y pedwar brandi. Roedd yr ystafell

yn ddistaw ar wahân i glencian y gwydrau wrth i'r barman eu taro ar y bwrdd o flaen y pedwar. Sam Elliott siaradodd gynta ar ôl i hwnnw gilio'n ôl i'r bar.

"Wel, Winstone, beth amdani?"

Cododd Winstone ei wydr a sipiodd yn helaeth o'r ddiod boeth. Gadawodd i ddogn helaeth ohoni lifo i lawr a chrafu'i gorn gwddw a tharo'i stumog cyn ymateb.

"Fedra i byth bleidleisio dros gynllun sydd yn dod ag elw personol i mi."

"Dydan ni ddim yn gofyn i chi wneud hynny, mi fydd rhaid i chi ddatgan diddordeb reit ar y cychwyn."

Cododd Winstone ei wydr eto a chymerodd lwnc arall. Roedd ei feddwl ar garlam. Edrychodd eto ar y tri oedd wedi rhannu'r pryd bwyd ag ef.

Sam Elliott, Prif Weithredwr y Cyngor Dosbarth, dyn pwerus, penwyn a edrychai fel petai wedi'i sodro yng nghefn gwlad Cymru yn syth o un o ffilmiau'r Maffia. Y llygaid oedd yn hoelio sylw, ac roedd y rheini weithiau yn siarad yn huotlach na'r genau. Roedd o'n ddyn cydnerth o gorff yn ogystal â statws, ac roedd ei ddawn i berswadio wedi creu cylch caled o gyngrheiriaid o'i amgylch.

Roderick Jones, perchen un o gwmnïau teledu annibynnol mwya Cymru. Wedi sefydlu ei fusnes yng Nghaerdydd ond yn awr â'i fryd ar ehangu i Wynedd. Gŵr a siaradai yn awdurdodol, ond roedd un peth am hwn nas hoffai Winstone: gwisgai sbectol dywyll, ac nid oedd modd gweld ei lygaid pan siaradai. Roedd o hefyd bob amser yn gwenu.

Harri Nantlle-Roberts. Eryr o ddyn gyda'i drwyn

bwaog a'i lygaid duon, dyfnion wedi suddo i'w benglog. Hwn oedd wedi siarad y rhan fwya o'r noson, a hwn oedd wedi rhoi'r cynnig gerbron.

Cliriodd Winstone ei wddf. Roedd wedi penderfynu bod yn negyddol a rhestru holl anfanteision y cynllun i weld beth fyddai'r ymateb.

"Mi fydd yn amhosib i mi fod o unrhyw gymorth i chi mewn Pwyllgorau Cynllunio oherwydd, unwaith fydda i wedi datgan diddordeb, fydd gen i ddim hawl siarad ar y mater."

Gwenodd Rod. Wedi drachtio'n helaeth o'i frandi'i hun, gwyrodd ymlaen ar y bwrdd: plethodd ei fysedd yn ei gilydd ac, wrth iddo siarad codent a gostyngent, fel pe baent yn pwysleisio'r pwyntiau a wnâi.

"Un peth nad ydyn ni wedi ei ddweud wrthych chi eto, Winstone, ydi maint eich rôl debygol chi yn y fenter."

Oedodd am eiliad i arwyddocâd y geiriau dreiddio.

"Mae Harri wedi sôn am y bwriad o chwalu tai Crychlyn Uchaf, a chodi stiwdio newydd yno. Rydan ni'n ymwybodol mai chi ydi perchen tri o'r tai, ac y bydd yn rhaid i ni gael eich cydweithrediad llwyr chi, ond mae yna gyfle yn fa'ma i chi.

"Ein problem fwya ni fel Cymry, Winstone, a dwi'n siŵr y cytunwch chi, ydi diffyg menter. Cym'rwch chi'r Sianel yma; mae yna gyfleoedd gwych wedi codi er ei sefydlu, cyfle gwych i Gymry Cymraeg wneud elw da, ond yr un ydi'r stori o hyd. Diffyg menter, diffyg hyder a, chyn i ni droi rownd, mae yna Saeson wedi achub y blaen arnon ni."

Tro Sam Elliott oedd hi nesa i roi ei big i mewn.

"Mae yna frid newydd o Gymro'n codi, Winstone. Maen nhw yma, yn y stafell hon heno . . . ac mi elli dithau fod yn un ohonyn nhw. Rhaid i chdi weld dy gyfle, a'i fachu."

Gallai Winstone weld y pwysigrwydd o'i gael o yn rhan o'r cynllun, ond beth oedd y cymhelliad i Elliott? Fel pe bai'n darllen ei feddwl, atebodd Elliott ei gwestiwn.

"Lles y Dosbarth sy gen i mewn golwg, Winstone; mi all y datblygiad yma ddod â hanner cant neu fwy o swyddi, a chwystrellu miliynau o bunnau i'r economi lleol. Yn naturiol, fedra i ddim dangos cefnogaeth gwbl agored ar hyn o bryd nes bydd o wedi bod gerbron y gwahanol bwyllgorau, ond meddylia am y bluen fydd hon yn dy gap di?"

"Dwi ddim yn deall. Os mai fy unig gyfraniad i fydd gwerthu'r eiddo i'r datblygwyr . . . ?"

Torrodd Harri ar ei draws.

"Brasgynllun sydd gynnon ni ar hyn o bryd, ond ein bwriad ydi sefydlu cwmni cyfyngedig – Gwinllan Cyf. Mi fydd y cyfranddalwyr yn buddsoddi dau gan mil ynddo. Unig bwrpas y cwmni hwn fydd prynu Crychlyn Uchaf, dymchwel y tai, a chlirio'r safle ar gyfer Stiwdio A55."

"A55?"

"Cwmni A55 ydi'r enw ar y prif gwmni, a'r cam cynta fydd prynu Rhif Un. Unwaith mae hynny wedi'i sicrhau, fe fydd cytundebau amodol yn cael eu gwneud â pherchen y tri thŷ arall, sef y chi, Winstone, a phan fydd y stiwdio wedi derbyn caniatâd amlinellol, mi fydd Gwinllan Cyf. yn prynu'r rhes. Rŵan, ein bwriad ni ydi eich gwahodd chi i fod yn Rheolwr-gyfarwyddwr ar

Gwinllan Cyf, ac mae'r ddau gan mil at eich gwasanaeth chi, i brynu'r safle. Eich gwaith chi, Winstone, dros y chwe mis nesa fydd prynu'r safle, a gofalu drwy bob dull cyfreithlon posib, fod caniatâd cynllunio yn cael ei roi i godi'r stiwdio. Fydd y cyfranddalwyr ddim yn disgwyl gweld un geiniog o'r ddau gan mil eto. Galwch y gwahaniaeth rhwng y pris prynu a'r hyn fydd weddill o'r ddau gan mil yn ffi . . . cyflog . . . unrhyw beth."

"Ac os na cheir caniatâd cynllunio?"

"Ar y gwaethaf, mi fyddwch chi wedi prynu un tŷ, Rhif Un . . . mi fedrwn ni ddal y golled honno. Ond os na ddaw'r caniatâd, wrth gwrs, fydd gan gyfran-ddalwyr Gwinllan Cyf. ddim diddordeb yng ngweddill y tai, ac mi fyddwn ni angen y gweddill o'r ddau gan mil yn ôl ond, mi gawn ni ganiatâd cynllunio, Winstone!"

Roedd meddwl Winstone ar garlam eto. Dau gan mil o bunnoedd! Gwyddai'r tri arall fod hadau trachwant wedi disgyn ar dir ffrwythlon. Gwaith hawdd oedd gwrteithio.

"Gwranda, Winstone." Roedd llais Sam Elliott yn gyfeillgar.

"Dwi wedi dy weld ti wrthi yn areithio ar lawr y siambr acw, ac fe wn i mor agos at dy galon di ydi Crychlyn. Dyma dy gyfle di. Dy gynllun di fydd hwn, ac o'i glywed o gen ti, mi fydd pobol yn gweld ei werth o. Mi fyddan nhw'n gweld ac yn gwerthfawrogi yr hyn rwyt ti wedi'i wneud gydol y blynyddoedd . . . pethau rwyt ti wedi'u gwneud i'r ardal a'r pentre. Dy gynllun di fydd o. Mae'n wir y byddi di'n elwa, ond does dim rhaid i neb wybod faint a, beth bynnag, mi fyddi di'n anrhydeddus yn datgan dy ddiddordeb yn y fenter. Y petha pwysica ydi, fod y stiwdio yn dod i Grychlyn, a bod yna hanner cant o swyddi yn dod i'w chanlyn, ac mae hynny yn bluen yng nghap unrhyw gynghorydd."

* * *

Ni allai Padi gredu'i lygaid na'i glustiau. Oedd, roedd o wedi sylwi ar y cymylau mwg a ddeuai trwy ffenest Tracey, ac roedd o wedi gwrando ar y gerddoriaeth yn dyrnu'r *beat*. Yn awr, roedd Tracey yn llenwi ffrâm y ffenest, yn dawnsio'n awgrymog ac yn galw arno.

"Padi!" gwaeddodd.

Gwelodd Padi hi'n rhwbio'i bronnau ac yn araf ddiosg ei chrys. Chwifiodd ef uwch ei phen a thaflodd ef allan drwy'r ffenest i'r ardd islaw.

"Padi!" gwaeddodd drachefn, gan ddat-gloi ei bronglwm a'i daflu yntau i ganlyn ei chrys. Roedd hi'n siglo yno i rythm y gerddoriaeth, yn hanner noeth a'i bronnau'n dawnsio. Roedd hi'n dal i alw'i enw, ac yn amneidio arno i ddod ati.

"Na!" sgrechiodd llais y tu mewn iddo.

"Tyrd, Padi!" meddai'r tethi brown.

"Padi!" gwaeddodd Tracey.

Yn araf camodd Padi o rych i rych nes cyrraedd y ffens a wahanai'r ddau dŷ. Edrychodd unwaith o'i gwmpas, gan gynnwys edrych at ffenest cwt colomennod Robat John, jyst i wneud yn siŵr nad oedd neb yn gweld.

Cododd y flows a'r bronglwm a ddisgynasai i'r llawr. Cododd gliced drws Rhif Tri, ac i mewn â fo.

Petai llygaid craffach ganddo, efallai y buasai wedi sylwi ar wyneb gwelw Robat John yn y cwt colomennod.

* * *

Am un eiliad fechan, carlamodd calon Robat John. Pan drodd Padi ac edrych yn syth tuag ato, credai fod cyfrinach fawr ei fywyd wedi'i datgelu, a bod yr hanner Sais wedi ei weld. Gollyngodd ochenaid hir o ryddhad pan ddiflannodd Padi drwy ddrws cefn Rhif Tri.

Pan ddiflannodd, fodd bynnag, troes y panig yn genfigen ac yn gynddaredd. Sawl tro yr oedd o, yn llygaid ei ddychymyg, wedi rhannu gwely â Tracey? Sawl gwaith yr oedd o wedi'i chyffwrdd? Cyffwrdd ei hwyneb, anwesu ei harlais, mwytho ei bronnau, rhwbio ei choesau . . . ei chusanu? Roedd o wedi cyffwrdd ei meddalwch, wedi teimlo ei chynhesrwydd, a hithau wedi ymateb bob tro. Roedd hi wedi ymateb i bob cyffyrddiad o'i eiddo, a dyma hi rŵan yn ei wrthod! Nid yn unig yn ei wrthod o, ond yn dewis hanner Sais hefo sbectol pot-jam!

Trodd y sbienddrych yn ffyrnig tua'r ffenest yn y llofft. Roedd ei ffrâm yn wag. Lle bu'r sioe gynhyrfus ychydig funudau yn ôl, doedd dim byd ond twll du, a dychymyg yn drên.

"Y basdad!" meddai'n uchel.

Doedd o ddim yn siŵr ai annerch Padi yr oedd ai cyfarch ei hun. Roedd un peth yn sicr, roedd digwyddiadau'r min nos yn mynd i fod yn destun oriau o eistedd ar y tŷ bach ac o orwedd ar ei wely yn oriau'r cyffwrdd. Mi fyddai hefyd yn destun ffrae

73

pan ddeuai'n ddiwrnod golchi.

* * *

Llyncodd Padi ei boer a chnociodd yn ysgafn ar y drws. Gallai glywed y gerddoriaeth yn dal i guro. Galwodd mewn llais main.

"Tracey?"

Gwthiodd y drws yn agored a rhoddodd ei ben heibio'r gornel. Roedd Tracey'n gorwedd yno ar ei gwely, ynghanol ei llyfrau agored. Roedd hi'n noethlymun. Roedd ei choesau ar led a'i llaw dde yn mwytho'i chedor du. Roedd ei llaw chwith y tu ôl i'w phen, roedd ei llygaid ynghau a gwên ryfedd ar ei hwyneb. Roedd hi'n dal i siglo'n araf i sŵn y gerddoriaeth, ac roedd ei bronnau llawnion yn symud yn ôl ac ymlaen. Rhoddodd Padi gam i'r ystafell.

"Tracey?" meddai drachefn.

Y tro hwn daeth ei henw'n sibrydiad ffyrnig dros ei wefusau. Roedd ei ymennydd yn priodi'r hyn a welai i'r hyn oedd yn digwydd yn ei forddwyd. Doedd o erioed wedi gweld merch yn noeth ac fel hyn o'r blaen.

Agorodd Tracey ei llygaid led y pen pan welodd ef. Tynnodd ei llaw o gefn ei phen. Roedd y wên ryfedd yn dal ar ei hwyneb. Estynnodd amdano. Un llaw yn ei wahodd, y llall yn dal i fwytho'i ffwrch. Caeodd ei llygaid drachefn.

Diosgodd Padi ei ddillad, a pharciodd ei sbectol ar y bwrdd bach ger y gwely. Mewn dim, aeth yn storm o gnawd. Am y tro cynta yn ei hanes fe deimlodd Padi feddalwch merch yn agor oddi tano.

Doedd dim rhaid iddo fo wneud dim. Roedd Tracey wrth y llyw, yn tywys, yn gwthio, yn symud, yn tylino, yn brathu, yn cusanu ac yn siglo. Dechreuodd yn araf ac yn feddal. Yna fel y codai ei hawch dechreuodd gyflymu. Roedd hi'n ei dynnu o i'w chanlyn. Ymhen ychydig funudau roedd y ddau yn wyllt. Fel dau anifail. Yn plannu. Yn gwthio. Yn brathu. Yn cyffwrdd. Yn gwasgu, yna'n ffrwydro. Doedd gan Padi ddim rheolaeth drosto'i hun. Roedd ei holl sylw wedi'i hoelio ar y ffrwydrad oedd ar fin digwydd rhwng ei goesau. Ffrwydrad a ddaeth yn un don anferthol, wynfydedig. Roedd Padi wedi cael ei wefrgydiad cynta erioed.

*   *   *

Cleciodd Sam Elliott ei fysedd, a daeth y barman ato.

"Tri brandi mawr," cyfarthodd, cyn troi at ei ddau gyfaill.

"Hwc, lein and sincar!" meddai'n fuddugoliaethus.

Gwenodd Harri. Roedd o'n gwybod yn ôl wyneb Rod a Sam eu bod nhw'n argyhoeddedig i'r noson fod yn llwyddiant. Roedd miliynau i'w gwneud o'r fenter hon o'i handlo'n iawn, ond byddai angen cadw llygad ar Winstone.

"Dwi ddim mor siŵr," meddai, "dydi o ddim i'w weld yn gymeriad cry i mi rywsut . . . Cofiwch chi fod angen perswadio cymuned yn fa'ma, ac mae'n siŵr y daw yna wrthwynebiad gan y Mudiad Iaith. Dwi ddim yn siŵr ydi Mistar Mason yn gymeriad digon solat i arwain."

Cyrhaeddodd y brandi. Cododd Rod ei wydr a chymerodd ddracht helaeth ohono.

"Ti'n mynd i gwarfod gofid, Harri, chei di ddim problem o fewn y Cyngor, mi fydd Sam yn gofalu am hynny ac os ydi Mason yn gynghorydd mor uchel ei barch, ac yn rhoi'i holl ymdrech tu ôl i'r fenter . . ."

"Beth sydd gen i ei ofn ydi y daw hi'n wybyddus fod rhywfaint o arian tramor tu ôl i'r cyfan, ac y bydd yna rai o'r papura newydd yn stwyrian o gwmpas . . ."

"Pwy ddiawl sy'n mynd i ddweud?"

"Ar y funud dim ond y tri ohonon ni sy'n gwybod, ond mi fydd rhaid enwi ffynhonnell ariannol ar y cynllun busnes. Un peth ydi addewid o gefnogaeth, chawn ni byth gymorth o'r pwrs cyhoeddus heb ddatgelu hwnnw."

Cododd Sam Elliott ei ben. Roedd o'n ffroeni fod rhywbeth o'i le. Roedd o'n rhyw amau mai taro'r post oedd Harri.

"Dydw i ddim yn gweld beth ar wyneb y ddaear sydd o'i le ar ddeud mai cwmni teledu o Sweden fydd y prif bartner . . ."

Fflachiodd llygaid Harri.

"*Nid* y prif bartner Sam! Partner ia, ond Rod a minnau fydd berchen y rhan fwya o'r stiwdio. Mi fydd y cwmni o Sweden, fel tâl am eu buddsoddiad, yn cael defnyddio'r adnoddau am ddeuddeng awr bob penwythnos, ac maen nhw'n gwarantu deuddeng awr arall o waith ychwanegol am bris y farchnad . . ."

Gwyddai Sam Elliott ei fod wedi taro tant tyner. Fedrai o yn ei fyw roi ei fys ar y rheswm, ond roedd yna ryw ddrwg yn y caws yn rhywle. Roedd o wedi bod yn rhan o gynlluniau mawr o'r blaen, ond dim byd tebyg i hwn. Roedd buddsoddiad Cwmni A55 yn wyth miliwn o bunnoedd, ac mi roedd o'n bersonol, drwy law Harri Nantlle-Roberts, wedi derbyn pum mil ar hugain o bunnoedd, mewn arian sychion, am ei 'wasanaeth'. Doedd ganddo ddim cydwybod o gwbl ynglŷn â derbyn yr arian. Roedd y cyfle yn un rhy dda i'w golli. Doedd dim llinynnau ynghlwm wrth y rhodd, dim tystion a dim ond iddo yntau fod yn ofalus sut y gwariai'r arian, doedd dim modd profi iddo eu derbyn. Ei unig ddyletswydd ef oedd bachu Winstone Mason, a llywio'r cynllun drwy'r adrannau cynllunio, technegol a chyllid mor rhwydd â phosib. Ac yn goron ar y cyfan, roedd o i dderbyn hanner can mil ychwanegol, mewn dau daliad, erbyn i'r stiwdio newydd agor.

Roedd y gwaith caib a rhaw wedi mynd rhagddo yn ardderchog. Roedd y sôn am greu hanner cant o swyddi parhaol, y contract adeiladu dros ddeunaw mis, roedd y cyfan yn fêl ar fysedd y Cyngor Sir, a'r Awdurdod Datblygu, ac asiantaethau'r Llywodraeth Ganol. Gydag addewid o dair miliwn yn dod gan bartneriaid y fenter, gwaith hawdd fyddai perswadio'r gweddill, gan gynnwys y Sianel ei hun, i addo'r pum miliwn arall. Roedd cyfrinachedd wedi bod yn rhan annatod o'r gwaith paratoi, ac roedd y cyfan yn awr, ac eithrio prynu'r tai yng Nghrychlyn Uchaf, bron â bod yn barod i fynd yn gyhoeddus.

Yma, fel y gwyddai, roedd y peryglon mwya. Cymuned fach mae'n wir oedd Crychlyn Uchaf ond, petai Magi Sent neu Tom Saer yn styfnigo, neu petai'r Mudiad Iaith yn penderfynu gwneud ymgyrch ohoni, fe allai pethau suro. Ond roedd o'n sâff. Doedd o ddim wedi gwneud un dim ond ceisio creu gwaith yn y Dosbarth, ac fe ddyffeiai unrhyw un i brofi'n wahanol.

Ond beth tybed oedd yn pigo Harri Nantlle-Roberts ynglŷn â'r cwmni teledu o Sweden? Ta waeth, nid ei broblem o oedd honno. Roedd o eisiau mynd. Cododd ei wydr:

"Iechyd da i chi, hogia, a phob rhwyddineb i Stiwdio A55!"

Cododd Harri a Rod gydag ef. Estynnodd Harri'i law iddo.

"Y munud y cawn ni'r go-ahéd gan Mason, mi fydd y cynllun busnes ar eich desg chi . . . ynghyd â'r ail daliad!" ychwanegodd.

Gwenodd Sam.

"Run fath ag o'r blaen . . . mi ffonia i chi i drefnu sut a lle."

Gwenodd Harri'n ôl arno.

"Run fath ag o'r blaen."

Gwyliodd y ddau Sam Elliott yn cerdded o'r ystafell.

"Y basdad!" meddai Harri dan ei wynt. "Mae'r basdads yna i gyd run fath. Mae gan bob un ohonyn nhw ei bris."

"Dwyt ti 'rioed yn meddwl nad ydi o'n sâff?"

Chwarddodd Harri. Roedd o wedi delio gyda theip Sam Elliott drwy gydol ei yrfa ym myd y teledu. Maffia lleol, ond pysgodyn bach mewn llyn mawr oedd o go iawn.

"Pres Svenson gafodd o Rod, nid fy mhres i, a chred ti fi, tydi Svenson ddim yn rhannu ffac-ol heb fod ganddo fo inshiwrans!"

Doedd Rod ddim yn deall yn iawn, ond roedd o'n cymryd arno ei fod yn deall y cyfan. Gallai ddychmygu nad oedd Elliott wedi cael ei arian heb fod yna dynnwr lluniau, neu fod yna gamera yn rhowlio yn rhywle.

"Pryd rwyt ti'n cwarfod Svenson nesa?"

"Yr wythnos nesa. Yr wythnos nesa, Rod, ac os aiff popeth yn iawn, mi fyddi di, ac mi fydda innau, mewn cachiad nico, yn filionêrs!"

* * *

Roedd hi wedi hanner nos pan drodd Winstone Mason flaen y cerbyd i fyny'r lôn a arweiniai at Grychlyn Uchaf. Digon tawedog buodd o'r holl ffordd adre. Doedd o ddim wedi dweud dim byd wrth Harriet. Roedd o wedi dweud yn unig fod rhywbeth mawr ar droed, ac y buasai'n siarad am y peth wedi cyrraedd adre. Bu'r sgwrs yn y car yn cwmpasu manion dibwys.

"Sut un oedd gwraig Elliott?"

"Tipyn o drwyn . . . pam na fasa fo wedi priodi hogan o Gymru wn i ddim."

"Mi roedd Sam Elliott yn hael iawn ei ganmoliaeth am fy ngwaith i."

"Be mae o isho felly?"

Roedd Winstone wedi ceisio meddwl ers meitin sut i ddweud wrth Harriet. Efallai mai rŵan oedd ei gyfle. Roedd wedi cyrraedd ffrynt y tŷ. Parciodd y car, a diffoddodd y peiriant. Trodd at Harriet.

"Beth petawn i'n dweud wrthat ti y gallen ni ymhen blwyddyn, fod wedi codi'n paciau o fa'ma, a bod yn byw ella mewn tŷ newydd sbon yn y

Fawnog Ddu?"

Dychrynodd Harriet Mason drwyddi draw. Beth oedd yn bod ar y dyn? Doedd hi ddim fel Winstone i addo dim oll iddi a pheidio â chyflawni hynny. Gŵr gofalus fuodd o erioed gyda'i eiriau a'i weithredoedd, ar wahân i'r un adeg honno . . . Ymatebodd hithau yr un mor bwyllog.

"Mae yna dipyn o wahaniaeth rhwng prisiau tai y Fawnog Ddu, a fan yma."

"Mae'n bosib y bydd yna newidiadau mawr ar droed yma Harriet. A dim sôn am brynu tŷ ydw i, ond codi tŷ newydd sbon danlli. Yn union fel y dymunwn ni, a'i ddodrefnu yn union fel y dymunwn ni. Ac mi fyddai hynny yn rhoi sicrwydd i Tracey yn y dyfodol . . ."

"Winstone! Fedra i ddim credu dy fod ti o ddifri? Be'n union mae'r bobol yma wedi'i gynnig i ti?"

"Mi fedar ddod Harriet, mi fedar ddod . . ."

"Ond sut?"

"Y Sianel, Harriet, y Sianel!"

"Ond dwi ddim yn dallt?"

Ac mi roedd Harriet Mason mewn penbleth. Sut ar wyneb y ddaear yr oedd y Sianel yn mynd i roi cartref newydd iddi hi? Go damia Winstone yn siarad mewn damhegion fel hyn o hyd. Pam ar wyneb y ddaear na fedrai dynion ddweud yn glir beth oedd yn eu meddyliau? Pam bod isho mynd rownd y byd i fynd o Grychlyn Uchaf i'r Fawnog Ddu? Oedd Winstone wedi cael cynnig swydd dda gan y Sianel? Go brin! Fe wyddai hyd yn oed Harriet mai leitwet o ran gallu ac adnoddau oedd ei gŵr. Ei gryfder oedd ei gysylltiadau. Y rhai y bu'n eu meithrin yn ofalus am dros bymtheng mlynedd.

Roedd rhywbeth yn drewi yn y stori yma a phenderfynodd Harriet beidio â chodi'i gobeithion o gwbwl.

"Gad ti bopeth i mi, Harriet, gad bopeth i mi."

A hanner gwenodd ar ei wraig, yr hen wên honno enillodd serch yr Harriet ifanc ddeunaw mlynedd ynghynt.

Efallai nad oedd hi mor hawdd twyllo'r Harriet hŷn, ond o leia roedd honno wedi dysgu brathu'i thafod a pheidio â holi ychwaneg. Fe gâi wybod y cyfan pan fyddai Winstone yn barod i ddatgelu hynny, a dim un eiliad ynghynt.

"Awn ni i'r tŷ, ia?"

"Mi gawn ni nait-cap bach cyn noswylio."

* * *

Cwsg anesmwyth a ddaethai heibio Robat John y noson honno. Roedd o'n benwan gan gynddaredd ac roedd o'n berwi o genfigen. Roedd o'n siarad yn uchel â fo'i hun yn ei gwsg.

"Y gotsen fach!" Roedd o'n poeri pob gair yn ffyrnig. "Pwy mae hi'n ei feddwl ydi hi?"

Ymestynnodd ei goesau i waelod y gwely, yna cododd hwy yn araf, nes roedd ei benggliniau wedi codi pabell fechan ynghanol y gwely.

"Y gotsen fach!" meddai drachefn gan estyn ei law dde i lawr ei ganol ac at ei fogail. Agorodd lin-yn ei byjamas, a llithrodd hwnnw'n araf dros ei din a'i gluniau at ei bengliniau.

"Pam Fadi?" Dyna'r cwestiwn a losgai ei feddwl, ac a ddeuai fel taran-follt i ddifetha'i freuddwyd.

Roedd o'n ôl yn y cwt colomennod, y sbienddrych ar ei lygaid a'i lygaid yn llawn o fronnau noethion Tracey. Roedd o'n estyn heibio'r sbienddrych ac yn cyffwrdd. Roedd o'n cyffwrdd y croen meddal, roedd o'n rhedeg ei fysedd yn gryndod i gyd i lawr dros ei bogail. Roedd o'n cyffwrdd ei blew, yna roedd Padi yn dod, ac yn difetha'r cyfan! Difetha'r cyfan! Popeth yn mynd yn wast oherwydd yr han-ner Sais.

Pe na bai'r cwd hwnnw wedi symud drws nesa, mi fyddai Tracey yn gweiddi:

"Robat Jo-hon? Robat Jo-hon?"

A fo fyddai wedi cael dringo'r clawdd, a chael mynediad i'r tŷ, a chael mynd i stafell wely Tracey, a chael mynd ar ei chefn, a chael . . . Ust! Llais ei fam!

"Robat John?"

Roedd o'n gadach o chwys. Ymdawelodd. Gwell fyddai iddo gogio cysgu. Rhaid ei fod wedi gweiddi yn ei gwsg. Go damia! Roedd hi wedi'i glywed.

"Robat John?"

Roedd y llais yn uwch, ac yn ffyrnicach. Swatiodd dan y dillad. Llefarodd bwt o weddi yn dawel-uchel wrtho'i hun:

"Plis Dduw neith hi ddim galw eto na g'neud i mi fynd ati heno dwi isho llonydd heno am fod Tracey fach yn fyw yn fy mhen ac nad ydw i ddim isho troi yn Robat John Drwg amen."

Aeth eiliadau meithion heibio. Cododd ei ben uwchlaw'r cynfasau i wrando. Clywodd ei fam yn stwyrian ac yn codi. Clywodd ei thraed yn cerdded hyd estyll y llofft. Roedd o'n dal i weddïo ac yn chwyrnu'n ysgafn pan glywodd y bolltau yn cael eu tynnu'n ôl a phan ddaeth y pen gwyn heibio'r drws.

Atebwyd ei weddi. Wedi rhai eiliadau meithion o syllu, brathodd Magi Sent ei thafod ac aeth yn ôl i'w gwely.

* * *

Roedd effaith y cyffur yn dechrau clirio, ac roedd pen Tracey ar hollti. Bu'n synfyfyrio am yn hir wedi ymadawiad Padi. Nid dyna'r tro cynta iddi gael rhyw, ond dyna'r mwya cofiadwy o ddigon. Doedd hi erioed wedi profi ymchwydd na ffyrnigrwydd fel yna o'r blaen, ac roedd ail-fyw y profiad a'r teimlad yn peri i iasau o gynhesrwydd lifo y tu mewn iddi.

Pwy feddyliai fod Padi, nad oedd fawr ddim oll i edrych arno, yn gystal carwr, ac yn beiriant oedd yn medru cynhyrchu'r fath bleser? Roedd hi'n amau mai hwn oedd y tro cynta iddo fo. Amrwd a dweud y lleia oedd ei dechneg, a dim ond nwyd gwyllt a'i cadwodd i fynd.

Roedd o wedi gafael yn dynn ynddi wedi iddo ddŵad, ac wedi ei chusanu drosodd a thro. Am funudau cyfain cafodd ei golchi mewn cusanau a Padi yn sibrwd "Diolch! Diolch, Tracey!" rhwng pob cusan.

Roedd ei gusanau wedi gwefreiddio ei chorff, a chyn hir roedd hi'n gwingo unwaith eto. Roedd hi isho Padi eto. Ac am yr ail waith, bu'r ddau yn caru'n wirion wyllt a brysiog. Bu'n gwffas gnotiog o angerdd, cyn i'r ddau ymlonyddu eto ym mreichiau'i gilydd.

Roedden nhw wedi cysgu am awr dda cyn i Padi ei deffro a gwneud esgus y byddai'n well iddo adael rhag ofn i'w rhieni ddychwelyd.

"Ga i gweld ti eto, Tracey?"

"Cei siŵr!"

"Fel hyn dwi'n 'feddwl."

"Rhaid i ni ddewis ein hamser."

"Gei di ddod acw?"

"Am wersi compiwtar?"

Chwarddodd y ddau.

Aeth Padi tua thref yn ŵr hapus. Doedd o erioed wedi dychmygu hyn. Roedd o wedi credu ers blynyddoedd mai bod yn dderyn du digymar fyddai ei dynged.

PENNOD 5

ROEDD y teimlad o hanner panig wedi dechrau gafael yn Harri. Fedrai o ddim egluro pam ond, bob tro roedd o mewn awyren a hithau o fewn ychydig eiliadau i lanio, roedd pob math o bethau yn rasio trwy'i ben. Mi fyddai olwynion yr awyren yn taro to tŷ, mi fyddai teiar yn byrstio, mi fyddai'r brêc yn methu neu mi fyddai'r tanwydd yn ffrwydro, ac mi fyddai bob amser yn chwysu'n drwm nes byddai'r olwynion wedi cusanu'r rhedfa, a'r brêciau nerthol wedi arafu'r tri chan tunnell o fetel a rwber a chnawd oedd yn hyrddio i dragwyddoldeb.

Rhoddodd ochenaid o ryddhad pan arafodd y polion a wibiai heibio'i ffenest, a phan drodd yr awyren tua'r lanfa ym Maes Awyr Charles de Gaulle. Eto, gwyddai y câi'n union yr un teimlad wrth ddychwelyd drannoeth ond, ta waeth, roedd o yn Ffrainc, ym Mharis i gyfarfod Svenson, ac mi allai'r cyfarfod yma ei wneud o yn ddyn cyfoethog iawn. Digon cyfoethog yn wir i ymddeol, ac roedd hynny wedi croesi'i feddwl. Yn aml yn ystod y dyddiau diwetha hyn roedd wedi croesi'i feddwl i ymddeol. Ymddeol, a llithro i fywyd bras, gwahanol i'w fywyd presennol. Bywyd bras, diruthr, lle câi fwynhau ei fwyd, ei ferched a'i geir yn hamddenol.

Wrth deithio ar y trên i ganol y ddinas, edrychai yn ôl ar ei yrfa ym myd y teledu. Oedd, roedd o wedi dod ymhell.

Unig fab oedd o i deulu tlawd fu'n ysglyfaeth i arglwydd y chwarel, ac roedd o wedi ymdynghedu na fyddai o byth yn syrthio i'r fagl honno. Os rhywbeth, fo fyddai'r arglwydd, ac nid adawodd i neb na dim ei rwystro.

Dywedodd amryw ei fod yn ddi-feind a didostur wrth ddringo oddi mewn i gwmni WTV, ond doedd dim lle i weiniaid yn y diwydiant. Busnes felly oedd o, a dim ond y cryfaf fyddai'n goroesi. Ac fel Cymro ifanc, llawn delfrydau ynglŷn â dyfodol i'w iaith o fewn y cyfrwng hwn, bu'r ewyllys i lwyddo yn grwsâd personol ganddo. Roedd rhaid dangos i'r byd mawr tu hwnt i Gaerdydd fod y Gymru Gymraeg yn magu glewion hefyd.

Dyfodiad y Sianel roddodd flas ar bŵer a chyfoeth go iawn iddo, ond roedd o'n lecio meddwl ei fod o'n gweld ymhellach a thu hwnt i bawb arall yn y diwydiant, ac roedd ei ddylanwad yn amlwg. Roedd ei gynlluniau wastad yn uchelgeisiol, ac nid oedd wedi methu eto. Hwn oedd ei gyfle mawr.

Trwy Svenson a'i gwmni, gallai droi buddsoddiad o bum can mil yn filiynau mewn ychydig fisoedd. Mae'n wir y byddai'r holl gynllun yn un dadleuol iawn pan ddadlennid ef, ond gobaith Harri oedd y byddai o wedi gwneud ei filiwn erbyn hynny, a gallai lithro'n dawel i ymddeoliad haeddiannol a chynnar a gadael i Stiwdio A55 nofio neu suddo.

* * *

Roedd Winstone wedi bod yn troi a throi yn ei feddwl sut byddai orau i daclo Magi Sent ynglŷn â phrynu Rhif Un, ac roedd o wedi dod i'r casgliad nad oedd hi fawr o iws iddo fynd ati'n uniongyrchol. Roedd yna hen air yn dweud fod gan bawb ei bris, ac mi roedd Winstone wedi credu y byddai pris Magi yn llawer rhy uchel nes iddo glywed Elfyn Williams, dros ginio un dydd, yn adrodd hanes ei ymweliad â'r siop.

O'r diwedd roedd Winstone yn credu ei fod yn gweld y ffordd ymlaen. Roedd Magi, yn amlwg, mewn twll ariannol, a byddai unrhyw gynnig am y busnes yn sicr o fod yn abwyd iddi. Roedd o'n gwybod yn iawn fod yr hyn oedd yn corddi'n ei ben yn gachgïaidd ond, os oedd hynny'n golygu y gallai brynu Rhif Un drwy'r drws cefn fel petai . . .

"Ma' Mr Mason yna, Mam."

"Be ddiawl mae'r hwdw hwnnw isho?"

"Mae o'n dod i'r siop, Mam!"

Cerddodd Winstone i'r siop ac, wedi cyfarch Magi a Robat John, edrychodd yn hir o'i amgylch. Roedd yr adeilad mewn cyflwr gwael iawn, ac angen gwario cryn swm arno. Tenau a thila oedd y stoc. Wedi syllu o'i amgylch am rai munudau gofynnodd yn blwmp ac yn blaen,

" 'Sgynnoch chi ddiddordeb mewn gwerthu'r siop yma?"

Petai o wedi dweud ei fod am briodi Ibi'r gath ni fyddai'r effaith ar Magi'n ddim amgen. Aeth saeth drwy'i chalon. Roedd ei eiriau fel atebiad i weddi. Oedd o o ddifri? Craffodd arno gan geisio'i ateb yn ddi-hid.

"Mae gen i wastad ddiddordeb mewn gwerthu os ydi'r pris yn iawn."

"A be ydi'r pris?"

"Pymtheg ar hugain o filoedd o bunnau . . . yr adeilad a'r busnas."

Roedd hi'n disgwyl ymateb y naill ffordd neu'r llall; chafodd hi ddim. Fe gododd Winstone rhyw fymryn ar ei sgwyddau cyn ei hateb.

"Mae hynna ryw ddeng mil o bunnau yn fwy na'r hyn roeddwn i wedi'i amcangyfri ond, wrth gwrs, mi fyddai rhaid i mi gael arolwg wedi'i wneud ar yr adeilad, edrych ar lyfrau'r busnas . . . petha felly."

Bu ond y dim i Robat John dorri ar draws y sgwrs, ond pan welodd y mellt yn llygaid ei fam, ymdawelodd.

"Be 'di'ch bwriad chi?"

"Y? Be?"

"Be dach chi'n bwriadu 'wneud hefo'r siop?"

"Rhyw edrach at y dyfodol, Magi, edrach at y dyfodol."

A chyda hynna o eiriau edrychodd o'i amgylch eto cyn camu allan i'r awyr iach.

* * *

Edrychodd Harri ar yr wyneb caled, creithiog. Roedd dau lygad glas, llonydd yn rhythu arno. Na, mwy na rhythu. Roedden nhw'n ei dyllu.

"Fydd yna broblem gyda phrynu'r tir?"

Ysgydwodd Harri ei ben.

"Gyda'r taliad cynta wedi'i wneud, mi fydd swyddogion y cyngor i gyd o'n plaid. Rydan ni hefyd wedi dechrau trafodaethau gyda pherchenogion y tai; mi ddylai dau gan mil fod yn ddigon i sicrhau'r safle, ac mi rydan ni'n gweithio ar hyn o bryd ar y cynghorwyr . . . ganddyn nhw wrth gwrs bydd y gair ola."

"Glywsoch chi am y goedwig?"

Roedd yna wên ddieflig yn hofran rownd ei wefusau wrth ofyn ei gwestiwn, ac aeth ias drwy gorff Harri wrth ei gweld. Gobeithiodd nad oedd Svenson wedi sylwi.

"Do . . . llongyfarchiadau! Cofiwch chi, yn ôl pob sôn, mae pawb yn ei chrwydro fel pe bai'n dir comin. Ychydig dan bedair acer ydi hi, a does dim cloddiau terfyn i'r gogledd, mae hi'n un â'r mynydd . . ."

"Perffaith, Harri . . . perffaith. Ond wrth gwrs, ail ran y cynllun fydd hynny. Be ydi'r symudiad nesa?"

Estynnodd Harri ffolder o'i ges lledr. Ohono tynnodd ddogfennau trwchus. Rhoddodd un i Svenson.

"Hwn fydd ein cynllun busnes, a hwn gaiff ei gyflwyno i'r banc, i'r Awdurdod Datblygu, y Sianel, y cynghorau lleol ac asiantaethau'r Llywodraeth. Ar sail hwn mi gawn ni bum miliwn mewn cymhorthdal . . ."

"Ac mae o'n dal dŵr?"

"Gyda thair miliwn o fuddsoddiad y partneriaid, ydi."

"A does neb yn gwybod amdana i?"

"Neb! Mi fydd rhaid cadw'ch enw chi'n dawel cyhyd ag y medrwn."

Nodiodd Svenson. Roedd o'n hoffi'r Cymro. Roedd o wedi'i hoffi er pan welodd o'r tro cynta mewn parti yn Cannes.

Roedd dyfodiad y Sianel Gymraeg wedi peri cryn ddryswch a difyrrwch i bobl o fewn y diwydiant ar dir mawr Ewrop. O fewn ychydig flynyddoedd, fodd bynnag, roedd Svenson a'i debyg wedi deall fod miliynau o bunnoedd yn cael eu pwmpio i'r diwydiant Cymreig ac roedd o wedi meddwl am gynllun i droi rhywfaint o'r llifeiriant diddiwedd hwnnw i'w felin ei hun ers rhai blynyddoedd.

Wedi holi ymhellach, a deall maint dylanwad Harri Nantlle-Roberts o fewn y diwydiant Cymreig, mater bach oedd gyrru un o'r genod ato i feithrin cysylltiad. A thrwy Sophia y daeth Harri i gyfarfod â Svenson.

"Rydach chi wedi gwneud eich gwaith yn rhagorol, Harri."

Gwenodd Harri, ac fel pe bai yn rhag-weld ei gwestiwn nesa, meddai Svenson:

"Mae cwmni o'r enw *Item TV* o Sweden yn bwriadu dod yn bartner â chi, a rhoi dwy filiwn a hanner o bunnau yn y fenter . . ."

Roedd y wên gafodd datganiad Svenson yn un lydan.

". . . ac mi awn ni gam ymhellach; beth am i chi, Harri, werthu syniad am ryw ddwy raglen y gallwn ni a'ch Sianel chi eu gwneud ar y cyd? Cyd-gynhyrchiad, '*back-to-back*', mi fyddai hynny yn dangos ewyllys da at y Sianel, ac yn selio perthynas *Item TV* â chi fel Cynhyrchydd Annibynnol, a chyda'r Sianel Gymraeg."

"Perffaith! Mae hynna'n berffaith."

Doedd dim arall i'w ddweud. Roedd Svenson, ag un ergyd, yn mynd i ladd unrhyw amheuaeth allai godi ynglŷn â dilysrwydd y cysylltiad Swedaidd. Cododd Harri'i wydr.

"Mr Svenson, i bartneriaeth hir a phroffidiol!"

Gwenodd Svenson wrth godi'i wydr yntau at ei

geg. Roedd y llygaid glas, fodd bynnag, yn dal yn llonydd.

* * *

Diawlio wnaeth Winstone pan glywodd o gloch y drws ffrynt yn canu. Roedd o eisiau llonydd am ychydig i feddwl ynglŷn â'i gynlluniau. Nid yn aml y câi amser na llonydd i feddwl, ond roedd o wedi gobeithio heno y câi o leia awr a hanner cyn dechrau paratoi ar gyfer ei daith i Lundain.

Clywodd y drws yn cael ei agor a llais Harriet yn croesawu pwy bynnag oedd yno. Yna, agorodd drws ei stafell a daeth Harriet i mewn gyda Roderick Jones.

"Jyst dod â'r plania i chi, Winstone. Ma'r cynllunia drafft wedi'u paratoi, ac mae copi drafft o gynllun busnas y Stiwdio yna i chi'i weld o. Cofiwch eu bod nhw'n gyfrinachol . . ."

"Dowch i mewn 'neno'r tad!"

"Yn wir i chi, fedra i ddim aros . . . dwi ar y ffordd i weld Sam Elliott, ond roedd Harri yn awyddus i chi gael gweld beth fydd ffrwyth eich llafur chi."

Aeth i'w ges ac estynnodd fwndel trwchus o bapurau i Winstone. Gosododd nhw ar y bwrdd a chau'i ges. Aeth trwyddynt yn fras.

"Dwi'n meddwl fod pob dim yna."

Yna, yr un mor sydyn ag y daethai, roedd wedi mynd.

Tywalltodd Winstone ddogn helaeth o whisgi i'w hoff wydryn. Estynnodd y bwndel papurau, ac eisteddodd yn yr hen gadair fawr. Dechreuodd fodio trwy'r papurau.

Bu wrthi am gryn ugain munud yn 'studio, yn darllen, yn syllu ar gynlluniau. Roedd o'n gweld ei hun rŵan yn yr agoriad swyddogol. Clamp o stiwdio grand a fo, Winstone Mason, y Cynghorydd Winstone Mason, oedd yn gyfrifol am ei chodi. Y fo ddaeth â'r gwaith i'r fro. Y fo gâi y clod. A chlod haeddiannol hefyd.

Safodd yn sydyn. Roedd ar hanner codi'r gwydryn i'w geg a'i wagio i lawr ei gorn gwddw pan welodd y ddalen bapur. Doedd o ddim yn deall y côd ar dop y ddalen, ond gwelodd enw Sam Elliott, gwelodd fanylion ei gyfri banc . . . *Capital Leisure*! Y basdad iddo fo!

Cododd Winstone, a thywalltodd whisgi mawr arall iddo'i hun. Aeth â'r ddalen yn syth at ei beiriant ffacs a gwnaeth lungopi ohoni. Gwyddai'n syth nad oedd o fod i gael hon o gwbl, ond ymhle ar wyneb y ddaear y cawsai Rod hi . . . ?

Torrwyd ar draws ei feddyliau gan gnocio ffyrnig ar y drws ffrynt. Gwthiodd y ddalen bron i waelod y pentwr dogfennau, a rhoddodd y llungopi yn nrôr uchaf ei ddesg. Roedd yn ôl yn eistedd yn ei gadair pan ddaeth Harriet i'r ystafell a Rod y tu ôl iddi.

"Y papurau, Winstone . . ." meddai'n wyllt.

"Be amdanyn nhw?" meddai Winstone yn ddi-gyffro. "Dwi ddim wedi mynd trwyddyn nhw eto, wel, ddim i gyd beth bynnag."

Cythrodd Rod am y pentwr. Bodiodd drwyddyn nhw'n gyflym.

"Wedi colli rhywbeth ydw i . . ."

Oedodd, ac estynnodd un o'r dalennau papur. Rhoddodd ochenaid o ryddhad.

". . . a, dyma fo, rhyw adroddiad ar y cynllun bus-
nas . . . isho'i 'studio fo cyn cwarfod pwysig fory . . .
sori i'ch styrbio chi . . . Nos dawch!"

Arhosodd Winstone nes clywodd y drws ffrynt yn
cau cyn sibrwd yn feddal,

"Nos da, Roderick Jones."

Aeth i'r drôr ac estynnodd y llungopi. Bu'n ei
astudio a meddwl yn galed uwch ei ben am bron i
awr cyn mynd i'w wely. Roedd hi'n amlwg fod
Harri Nantlle-Roberts a Roderick Jones a Sam
Elliott mewn *league* ar eu pennau'u hunain pan
oedd hi'n fater o gael eu ffordd eu hunain ynglŷn â
materion cynllunio a busnes.

Roedd o'n gwybod yn iawn am y llygredd oedd
yna ar y top, ac am y symiau mawr o arian oedd yn
cyfnewid dwylo'n fynych ar brosiectau penodol.
Wel, efallai mai unwaith mewn bywyd yr oedd y
pethau yma yn dod heibio pobl fel fo ac, os felly,
yna myn diawl, mi roedd o'n mynd i wneud yn siŵr
y câi o sleisen dda o'r gacen!

Fe âi o i weld ei gyfreithiwr fory. Fe gâi hwnnw
baratoi llythyr i'w denantiaid. Rhaid oedd symud
yn gyflym os nad oedd am golli briwsionyn.
Byddai'n syniad iddo hefyd gael gair pellach gyda
Mr Sam Elliott . . .

* * *

Roedd y Prif Arolygydd Pugh mewn penbleth.
Doedd o ddim yn sicr pa gam gymerai nesa.

Roedd o'n argyhoeddedig erbyn hyn fod a wnelo
Alun Williams â llofruddiaeth ei dad, ac roedd o'n
credu mae'r cynnig o Sweden am Goed Crychlyn

oedd yr allwedd i'w ddamcaniaeth a'r allwedd i ddatrys dirgelwch y llofruddiaeth.

I ddechrau, roedd llythyr wedi cyrraedd cyfreith-wyr Dic y Foel yn cynnig swm o arian am Goed Crychlyn. Doedd y coed o ddim gwerth ariannol i'r fferm. Roedd Alun wedi trafod y mater gyda'i dad, ac roedd o blaid gwerthu. Roedd Dic yn gwrth-wynebu ac wedi penderfynu gwrthod y cynnig. Efallai fod yna ffrae wedi digwydd? Efallai fod Alun wedi rhoi ergyd i'w dad ar y fferm a'i gario at y coed? Yna, ar ddydd cynhebrwng ei dad, mae Alun yn gwerthu Coed Crychlyn i'r gŵr a wnaeth y cynnig i ddechrau, am ddwbwl y pris! Roedd yna rywbeth yn od yn hynna.

Roedd y cymhelliad ganddo i gyflawni'r llofrudd-iaeth, sef yr arian gâi am Goed Crychlyn; roedd y cyfle a'r modd ganddo hefyd. Doedd ganddo neb allai dystio ei fod yn Y Foel rhwng saith a naw fore'r llofruddiaeth.

Yr unig beth nad oedd yn ffitio oedd y ffaith fod olion moto-beic wedi'u darganfod, a bod y pastwn wedi'i guddio ger y ciosg. Ar y ffordd *o'r* Foel roedd y rheini. Fe allai Alun fod wedi talu rhywun arall i'w lofruddio? Ond o wneud hynny, oni fuasai wedi gofalu y gallai brofi alibi? Tybed nad oedd yna foto-beic yn cuddio yn adeiladau'r Foel?

Roedd mil a mwy o gwestiynau'n fflachio drwy'i feddwl, a wyddai o ddim yn iawn ble i ddechrau. Credai mai trip arall i'r Foel oedd gallaf.

* * *

"Oes yma bobol! Mam! Dwi adra!"

"Harri! Argoledig!"

Rhuthrodd Lois Nantlle-Roberts o'r cefn gan sychu'i dwylo'n frysiog yn ei ffedog cyn gafael a gwasgu'i hunig fab yn dynn i'w mynwes.

"Sbia'r golwg sydd arna i? Pam na faset ti wedi deud dy fod ti'n dod? Argoledig, 'stedda! Sbia, mi wna i banad i ni."

"Wyddwn i ddim tan yn hwyr neithiwr y baswn i'n dod, ond mi fydda i fyny yma'n reit amal am rai misoedd."

Os clywodd ei fam hynny, chymerodd hi ddim sylw.

"Sut mae Siani, a'r hogia?"

"Iawn."

Dywedodd hynny braidd yn gloff. Doedd o ddim wedi gweld Siani ers mis a mwy, ac ychydig iawn o gyfathrach oedd rhyngddo a'i blant erbyn hyn hefyd.

"Mi gym'ri di rywbeth i'w fwyta?"

Aeth i ganlyn ei fam i'r gegin gefn. Roedd hi eisoes wedi estyn plât, wedi torri pedair tafell o fara ac agor tùn o gig.

"Mi gei di banad boeth rŵan."

"Peidiwch mynd i draffarth, Mam, ges i bryd ar yr eroplên."

"Eroplên! Argoledig, lle buost ti?"

"Paris. Mi ddois yn ôl drwy Fanceinion, isho galw i weld rhai pobol yn y dre. Mi rydan ni'n sôn am agor busnes newydd yng Nghrychlyn."

"Crychlyn! Glywist ti am Dic?"

"Dic?"

"Na, faset ti ddim yn ei 'nabod o, hen ffrind i dy dad. Dic y Foel chwadal ninna. Roeddan nhw yn El

Alamein hefo'i gilydd amsar Rhyfel, ac wedyn, meddylia amdanan nhw'u dau fel blaenoriaid yn y Cwarfod Misol. Dyna i ti ddau le gwahanol i fod yng nghwmni'i gilydd!"

"Be ddigwyddodd iddo fo 'lly?"

"Gafodd o'i fwrdro 'sti! Dwi'n dychryn pan dwi'n clywed am betha fel'na mor agos . . ."

"Peidiwch chi â mynd i boeni am betha fel'na, Mam fach, dach chi'n ddigon sâff yn fa'ma."

"Ond pan fydd petha fel'na'n digwydd o fewn deng milltir . . . hen ddrygia 'ma di'r drwg 'sti, pobol isho pres o hyd. Ddim yn fodlon ar be sy ganddyn nhw . . . ta waeth am hynna, am faint rwyt ti'n aros?"

"Mi fydd rhaid i mi fynd yn ôl i lawr heno 'chi."

" 'Ti ddim yn aros?"

"Fedra i ddim, ddim heno beth bynnag ond, fel roeddwn i'n deud, mi fydda i'n dod i fyny i Grychlyn yn aml yn ystod y misoedd nesa."

"Mi 'rhosi yma?"

"Gwnaf siŵr, os bydd yna le."

Gwenodd ei fam arno, ac ysgwyd ei phen.

"A sut mae Siani?"

Doedd Harri ddim yn siŵr iawn sut i ateb ei chwestiwn. Gwyddai ei fam fod ei briodas wedi bod ar fin chwalu sawl gwaith, ond go brin ei bod wedi clywed y straeon diweddara amdano. Chwarae'n sâff oedd y peth gorau felly.

"Tydan ni ddim yn gweld llawer ar ein gilydd y dyddiau yma."

"Petha ddim yn dda felly?"

Ysgydwodd Harri'i ben.

"Mae hi wedi dechrau gyrfa newydd . . ."

"Mi fydda i'n ei gweld hi ar y bocs . . ."

Gwenodd Harri drachefn. Doedd ryfedd yn y byd fod yna ryw anwyldeb yn llais ei fam wrth sôn am Siani. Onid oedd hi, fel miloedd o Gymry eraill, yn ei chroesawu i'w haelwyd yn wythnosol? A doedden nhw yn gweld dim oll ond yr wyneb hawddgar, y wên fêl, y dillad drudfawr a'r bersonoliaeth hyfryd. Doedden nhw ddim yn gweld heibio'r colur. Wydden nhw ddim gymaint o ast gallai Siani fod. Na, wydden nhw ddim.

"Mae'n braf bod adra, Mam."

"Yli, bwyta'r brechdanau 'na, mae'n siŵr fod yna oria er pan gest ti bryd ar yr eroplên yna."

PENNOD 6

ROEDD Winstone Mason wedi cael deuddydd prysur. Bu'n ymgynghori'n hir â'i gyfreithiwr, ac roedd wedi derbyn dau lythyr ganddo, y naill i'w roi i Padi, a'r llall i Tom a Martha Ellis. Roedd yn well ganddo eu cyflwyno iddyn nhw'n bersonol yn hytrach na'u bod yn eu derbyn drwy'r post. Ei obaith oedd eu darbwyllo i dderbyn ei gynnig a'i gefnogi.

Yn gynta, fodd bynnag, roedd am biciad draw i Rif Un i weld Magi Sent. Doedd o ddim wedi bod yn Rhif Un ers blynyddoedd, yn wir ni allai gofio'r tro diwetha iddo fod yno. Teimlai ychydig yn annifyr wrth gnocio ar y drws ffrynt.

Robat John agorodd y drws.

"Ydi dy fam yma?"

"Yndi, dowch i mewn." Ac fel pe bai Magi yn y pentre agosa yn hytrach na'r stafell nesa gwaeddodd Robat John.

"Mam! Mistar Mason i'ch gweld chi!"

Roedd y gegin gefn fel cegin ffarm o'r dauddegau. Roedd hi'n dywyll, yn fwll, yn boeth ac yn drewi. Ni fedrai Winstone adnabod yr union ogla, ond roedd o'n rhyw gymysgedd o ogla stêl, ogla chwys, ogla pridd a baw a thân – hen ogla. Yn y gadair galed uchel wrth y tân, eisteddai Magi.

Llaciodd Winstone fotwm coler ei grys cyn ei chyfarch. Doedd dim esgus dros gael y fath danllwyth ar ddiwrnod mor braf, ond Magi Sent oedd Magi Sent.

"Sut dach chi, Magi?"

Rhythodd Magi ar ei mab.

"Dos!" meddai'n swta. "Gin ti waith i'w wneud, gin innau fusnas i'w drafod."

Ciliodd Robat John. Edrychodd unwaith i wyneb Winstone Mason cyn diflannu drwy'r drws cefn, ac i'r cwt.

"Dwi'n cymryd mai dod yma i drafod busnas ddaru chi?"

"Ia. Ond rhyw feddwl ymestyn y sgôp rywfaint . . ."

Gollyngodd Magi'i phen ac edrych arno dros ei sbectol. Doedd dim rhaid iddi ofyn y cwestiwn, roedd ei hosgo'n cymell atebiad.

"Rhyw feddwl g'neud un *deal* fawr hefo chi . . . prynu'r siop a'r tŷ 'ma."

"Dwi'm isho gwerthu'r tŷ, y sbwbach gwirion! Ble'r awn i a Robat John wedyn? Y? Paid â bod mor wirion!"

" 'Rhoswch chi am funud rŵan. Wyddoch chi'r drafodaeth fuodd rhyngon ni am y siop? Yn onest, 'toes gin i ddim digon o bres i'w dalu ar law, ond be dwi wedi ga'l 'gynnig gin gwmni o'r Sowth ydi gwerthu'r tai sydd gin i yn y rhes yma, ond fedra i ddim g'neud hynny nes bydda i pia'r pedwar. Mae gin i bres i brynu'ch tŷ chi, a phan fydda i wedyn wedi gwerthu'r lle yma, mi fedra i fforddio i dalu i lawr i chi am y siop wedyn."

"Pam na fedra i werthu'r lle yma yn syth i bobol Sowth?"

Roedd Magi yn gwybod y basai hynny'n arafu

bwrlwm y Cynghorydd. Doedd hi ddim mor dwp â hynny chwaith, fe wyddai fod Winstone yn cuddio rhywbeth.

"Mi fedrwch wneud hynny mae'n debyg, ac mae pob hawl gynnoch chi i wneud hynny, ond y fi fydd yn gyfrifol am ddatblygu'r safle yma ar eu cyfer nhw, ac yn benna dwi isho gweld fod pawb o Grychlyn Uchaf yn hapus cyn i'r datblygiad ddechra – dwi'n gwbod ella eich bod chi'n meddwl y caech chi fwy o bres gin rywun arall, ond styriwch o ddifri . . . faint dach chi'n 'feddwl ydi gwerth y lle 'ma?"

"Deng mil ar hugain!" Saethodd y ffigur o'i genau. Yn ei gyflwr presennol, ac o gofio pris a chyflwr y farchnad dai, gwyddai nad oedd yn werth mwy nag ugain, neu ddwy ar hugain efallai.

Chwibanodd Winstone chwibaniad hir.

"Mae'n wir 'mod i fy hun yn disgwyl cael hynny am ein tŷ ni a Rhif Pedwar, ond yn y cyflwr mae hwn a Rhif Dau, wyddoch chi, dim ecstenshion ac angan eu moderneiddio, rhyw ugain roeddwn i'n 'feddwl fasa'u gwerth nhw!"

"Os mae'u chwalu nhw ydi'r bwriad, be 'di ddiawl o ots am eu cyflwr nhw? Yli, os ti isho fa'ma, mae o i'w gael am ddeng mil ar hugain, ac mi gei'r siop wedyn am bump ar hugain."

Roedd Winstone isho gweiddi yn ei lawenydd. Mi fyddai wedi codi i ddeugain os byddai rhaid. Roedd o wedi credu mai ei broblem fwya fyddai perswadio'r hen wraig i werthu, a dyma hi wedi syrthio i'w fagl. Wrth gwrs, doedd dim bwriad ganddo o gwbl i brynu'r siop, doedd ganddo ddim diddordeb yn honno. Y tŷ oedd ei unig ddiddordeb,

100

ac roedd hwnnw mwy neu lai wedi'i brynu.

Wrth gau drws Rhif Un ar ei ôl, penderfynodd alw gyda Padi hefyd, ac efallai yr âi i weld Tom Saer a Martha Ellis cyn troi am adre. Teimlodd lythyrau'r cyfreithiwr yn ei boced frest. Byddai wedyn wedi gwneud y cyfan mewn un noson.

* * *

"Ydyn nhw run seis, Tom?"

"Mesur ddwywaith a llifio unwaith fyddai'r hen bobol yn 'ddeud 'sti, Padi."

Cymerodd ychydig eiliadau iddo ddeall ystyr y frawddeg ond, pan dreiddiodd i'w ymennydd, cododd Padi ei ben a gwenodd fel hogyn drwg ar y saer.

Ceisio trimio'i seidars roedd o, cael y ddwy ochr yr un faint, ond roedd o wedi methu ar ddwy ymgais, a'r rheini yn mynd yn nes at dop ei glustiau gyda phob clec o'r siswrn.

"Tyrd â fo i mi, wir dduwcs, neu fydd gen ti ddim ar ôl!"

Gafaelodd Tom yn y siswrn.

"Dal dy ben yn blwm!"

Caeodd y saer un llygad, safodd gam yn ôl ac, fel pe bai'n mesur celficyn neu am farcio darn o goedyn, camodd yn ei flaen a thorrodd hicyn bychan yn y gwallt bob ochr i'r pen.

"*Dead centre* ynghanol dy glustia di, Padi!"

Crychodd ei drwyn, ac aroglodd.

"Arglwydd! Ti'n drewi fel lorri baraffîn Morus Wilias Llannerch-y-medd! Lle 'ti'n mynd dywad?"

"Allan."

Gwenodd Tom. Roedd yna stori heb ei hadrodd yn fa'ma. Dim ond galw i weld Padi a wnaethai i fesur y silffoedd llyfrau, a dyma'i ffendio fo wedi'i sgwrio'i hun fel petasai'n mynd i Steddfod Sir yr Urdd, ac yn drewi fel hogyn pymtheg oed ar ei ddêt cynta.

"Pwy ydi hi 'ta?"

Bu ennyd o dawelwch. Dechreuodd Tom ganu.

"Gwnaeth Duw un diwrnod wyneb merch O flodau a chaneuon serch, I'w llygaid a'u dyfnder-oedd mawr Tywalltodd lawer toriad gwawr . . ."

Torrodd Padi ar ei draws.

"Tracey."

Roedd Tom isho dweud rhywbeth mawr, ond ataliodd ei hun mewn pryd. Roedd deuddeng mlynedd yn wahaniaeth mawr mewn oedran yn ôl ei safonau o, yn enwedig o gofio mai dwy ar bym-theg oedd Tracey, ond pwy oedd o i feirniadu nac i basio barn?

"Wel! Pwy fasa'n meddwl?" meddai'n ddiplom-ataidd.

Roedd ar dân isho gofyn os oedd Winstone a Harriet yn gwybod am y garwriaeth ond, fel pe bai'n darllen ei feddyliau, ychwanegodd Padi:

"Does yna neb ond Tracey, ti a fi yn gwbod, Tom."

"Os felly 'ti isho i betha fod, felly byddan nhw, Padi bach, . . . ond mi ga i ddeud wrth Martha?"

Nodiodd Padi.

"Roeddwn i'n meddwl aros tipyn cyn dweud, 'ti'n gwybod, falle fydd petha ddim yn troi allan iawn."

"Dyna'r ffordd orau i'w chymryd hi, washi, pwyll pia hi lle mae merchaid yn y cwestiwn ond, wsti be, mae'r hen Tracey yn hogan iawn 'sti! Mi fues i'n ei dysgu hi yn yr ysgol Sul pan fyddai hi'n dŵad i'r capal. Hen ben ar sgwyddau ifanc. Wrth gwrs tydi cael tad fel Winstone Mason o ddim help . . . maddau i mi os dwi'n sôn am deulu . . ."

Gafaelodd Padi yn y lliain a thaflodd ef at y saer. Clywodd y ddau y cnocio ar y drws ffrynt.

"Arglwydd, well i mi fynd! Dwi ddim isho dod rhwng dau gariad!"

"Dim Tracey sydd yna. Yn y Leion 'dan ni'n cyfarfod."

"Yli, mi fesura i'n fa'ma dan y ffenast, wedyn mi a' i."

Aeth Padi i agor y drws, a thynnodd Tom ei lyfr nodiadau o'i boced din, a'i ddwy droedfedd bren o'i boced glun. Clywodd Padi yn cyfarch rhywun yn y drws ffrynt ac, ymhen ychydig eiliadau, daeth y Cynghorydd Winstone Mason i'r stafell.

"Tom! Sut dach chi?"

"Iawn, Winstone, a chitha?"

"Iawn, deud y gwir, roeddwn i am alw acw 'munud . . ."

"Dwi yn mynd wchi, dod yma i fesur dan ffenast i Padi, mae o isho silffoedd llyfra . . ."

"Peidiwch mynd, Tom, deud y gwir, mae be sydd gen i i'w ddweud wrth Padi i'ch clustia chitha hefyd."

Edrychodd Padi a Tom ar ei gilydd. Pan welsai ef yn sefyll yn y drws, roedd pob math o bethau wedi chwyrlïo drwy feddwl Padi. Roedd o'n credu i ddechrau fod Winstone Mason wedi ffendio ei fod o wedi bod yn llofft ei gartref gyda Tracey ond, pan welodd o'r wên lydan ar ei wyneb, gwyddai nad dyna oedd pwrpas ei ymweliad. Cofiodd wedyn am y sgwrs yn y Leion, a bwriad Winstone i godi pwyllgor i fywiogi Crychlyn. Chwarter awr oedd ganddo nes cyfarfod Tracey, a doedd ganddo ddim amynedd na bwriad i wrando ar y Cynghorydd yn trin a thrafod yr economi lleol. Beth ar wyneb y ddaear oedd y dyn eisiau 'ddweud fyddai'n gyffredin i Padi a Tom?

Gwelodd y benbleth ar wyneb y saer hefyd. Cododd ei ysgwyddau fymryn i ddangos anwybodaeth ac amneidiodd ar y Cynghorydd i eistedd.

"Matar dipyn bach yn ddelicet os ca i fod yn onast wrth y ddau ohonach chi. Mae o'n fatar cyfrinachol hefyd, ond dwi'n gwbod y medra i ymddiried ynoch chi. Dwi yn ymddiheuro nad oes gen i lot o amsar i drafod petha heno . . . dwi'n mynd hefo'r drên chwech bora fory i Lundan am dridia, ond mi wna i orau galla i."

Llyncodd ei boer. Doedd o ddim yn siŵr ble i gychwyn. Ffliwc pur oedd iddo ddal y ddau gyda'i gilydd, ond rywsut gwyddai y byddai'n haws dweud wrthynt felly nag ar wahân. Hynny ydi, byddai'n haws iddo fo.

"Mi wyddoch 'mod i wedi bod yn galw ers tro am ddod â gwaith i'r Crychlyn yma. Wel, mae yna gyfle yn mynd i godi . . . ella. Mae o'n dibynnu ar lot o betha, ac mae o'n dibynnu ryw gymaint arnoch chi, wel ar eich cydweithrediad chi beth bynnag."

Edrychodd y ddau ar ei gilydd eto.

"Mae yna bosibilrwydd y bydd Stad Crychlyn yn cael ei 'mystyn, a'r tebygrwydd ydi mai ffor'ma daw hi."

Oedodd ennyd i adael i'r ddau dreulio arwyddocâd ei frawddeg.

"Byddwn ni'n byw yn canol Stad Crychlyn?"

Roedd anghrediniaeth yn llais Padi, ond roedd min ar lais Tom Saer.

"Fyddwn *ni* ddim yn byw yma o gwbl, Padi."

" 'Rhoswch chi am funud rŵan, Tom, mae yna nifer fawr o bethau i'w trin a'u trafod cyn y bydd dim pendant ar droed. Yn naturiol, mi fydd y . . . y datblygwyr yn awyddus ein bod ni'r trigolion yn iawn. Mi fyddan nhw'n gwneud yn siŵr ein bod ni'n hapus, ac wedi ffendio cartrefi newydd, a ddim ar ein colled yn ariannol oherwydd hynny."

"Winstone! Deudwch be sydd ar eich meddwl chi. Wn i ddim pam sydd rhaid i chi fynd rownd mewn cylch cyn dod at y pwynt."

"Ychydig y gwn i am y cynllun fy hun, dim ond 'mod i mewn sefyllfa i glywad petha tua'r dre 'na . . ."

"Ydych chi o plaid y cynllun?"

Doedd Winstone ddim yn disgwyl y cwestiwn yma, yn enwedig gan Padi.

"Ar y funud, tydw i ddim yn siŵr. Mae yna fanteision mawr i Grychlyn ynddo fo . . . hannar cant o jobsys da fydd yn golygu miliynau o bunnoedd i'r economi lleol . . ."

"Be maen nhw'n bwriadu 'godi yma felly?"

"Dwi ddim yn siŵr iawn, rhywbath hefo teledu dwi'n meddwl ond, dach chi'n gweld, mae'n bwysig i mi gael ymateb pobol leol, y trigolion sy'n mynd i gael eu heffeithio, fel fi fy hun, mae'n golygu 'mod inna'n gorfod symud . . . , cyn y bydda i'n deud yn bendant 'mod i o blaid neu yn erbyn. Ond rhaid i mi ddeud 'mod i'n dueddol o ffafrio'r syniad, os daw o a chymaint o jobsys i'r ardal."

Gorffennodd jyst mewn pryd cyn llyncu'i boer a'i eiriau. Wyddai Padi ddim beth i'w ddweud. Newydd-ddyfodiad oedd o i bob pwrpas. Er ei fod o'n denant i Winstone Mason, doedd ganddo ddim cytundeb ffurfiol, a doedd ganddo 'chwaith ddim gwrthwynebiad i symud cartref. Gallai ddychmygu y buasai hynny'n anos i Tom.

Anfantais ar y funud oedd byw mor agos i Tracey, eto gwyddai y byddai'n colli cwmnïaeth feunyddiol Martha a Tom. Beth tybed oedd yn mynd trwy feddwl hwnnw?

Pe gwyddai, byddai Padi wedi neidio llathen. Roedd Tom yn berwi. Bu ond y dim iddo gythru i wddw Winstone a'i lindagu. Doedd o ddim wedi teimlo cymaint o atgasedd at unrhyw berson ers blynyddoedd, ond roedd o'n gwybod yn iawn nad oedd y Cynghorydd yn datgelu'r cyfan. Roedd o'n 'nabod Winstone Mason yn rhy dda. Unig reswm y saer dros ymbwyllo oedd ei fod yn nhŷ Padi, a'i fod yn ymwybodol hefyd o ddarpar berthynas y ddau.

"Mi a' i," meddai'n dawel. "Nos dawch, Padi . . . Winstone."

* * *

Roedd Magi Sent wedi eistedd yn ei chadair bren am ddwy awr solat. Doedd hi ddim wedi symud ers i Winstone Mason adael. Roedd hi wedi bod yn troi a throsi pethau yn ei meddwl.

Roedd hi'n ariannol argyfyngus arni hi a Robat John, a dim ond gwerthu'r siop neu'r cartref fedrai unioni pethau. Châi hi na Robat John fyth forgais gan y banc, am nad oedd incwm digonol yn dod o'r siop.

Y peth delfrydol fyddai gwerthu'r siop, talu'r dyledion a buddsoddi'r gweddill i geisio rhywfaint o log. Gydag incwm felly, ei phensiwn hi, ac efallai job neu gymorth a gâi Robat John, mi allai'r ddau fyw'n iawn. Ond roedd Winstone wedi ei thaflu oddi ar ei hechel. Doedd o erioed wedi croesi'i meddwl i werthu Rhif Un, a doedd hi ddim ychwaith wedi ystyried gadael Crychlyn Uchaf.

Yma y buodd hi'n byw erioed. Yma y ganwyd Robat John, ac yma roedd hi'n gobeithio gorffen ei dyddiau. A rŵan, wedi codi'i gobeithion ynglŷn â'r siop, dyma Winstone wedi'i drysu'n llwyr. Beth tybed oedd ei gymhelliad? Oedd yna rywbeth arall tu cefn i'w feddwl?

Doedd hi erioed wedi hoffi'r dyn. Er pan oedd o'n hogyn bach yn gwneud drygau hyd strydoedd y pentre, roedd hi wastad wedi edrych arno fel hogyn bach slei, cyfrwys, a doedd hi ryfedd yn y byd iddi hi ei fod wedi dringo fel y gwnaeth ym myd llywodraeth leol fel cynghorydd.

Clywodd ddrws y cefn yn agor ac yn cau. Roedd Robat John wedi dychwelyd o'r cwt. Beth ar wyneb y ddaear oedd haru'r hogyn? Ond ceisiodd wthio hynny o'i meddwl. Roedd hi gwybod yn iawn, wel o leia, roedd hi'n meddwl ei bod hi'n gwybod beth oedd yn bod ar Robat John, ond fyddai hi byth yn fodlon wynebu hynny, hyd yn oed yn ei meddwl bach ei hun. Mi fyddai yn ei chysuro'i hun mai hogyn bach oedd Robat John o hyd. Roedd angen aden ei fam yn lloches arno ac roedd yntau, ei chyw bach hi, yn dangos ei werthfawrogiad o'i gofal yn ei ffordd ei hun.

Daeth i'r ystafell a daeth at y tân.

"Mae o jyst â diffodd. Be sy?"

"Meddwl ydw i."

"Meddwl am be?"

"Be ddeudodd Winstone."

"Be ddeudodd Winstone?"

"Isho prynu pob dim, y siop a'r tŷ . . ."

"Lle'r awn ni?"

"Rhentu lawr yn pentra, neu symud . . ."

"Dwi ddim isho symud!"

Petai wedi taro'i fam ar draws ei hwyneb gyda llaw agored, ni fyddai'r ymateb yn wahanol.

"Be!?"

"Dwi ddim isho symud! Fa'ma dwi wedi byw, a fa'ma dwi isho byw. Dwi ddim isho symud, a dwi ddim yn bwriadu symud."

"Os ydw i yn deud ein bod ni'n mynd, mi rydan ni'n mynd!"

"Mi gewch chi fynd 'ta! Mi gewch chi fynd! Dwi'n aros! Mi ga i lonydd wedyn."

"Be?" sgrechiodd Magi gan godi ar ei thraed. "Paid ti â siarad fel'na hefo fi! Y fi sydd wedi dy fagu di, y fi sydd wedi dy gadw di, wedi dy wardio di rhag tafodau a chrechwen pobol er'ill, y fi sydd wedi dy fwydo di gydol y blynyddoedd, a dyma'r ffordd 'ti'n diolch i mi?"

"Dwi . . . dwi . . . dwi . . ."

Ond ni ddeuai'r geiriau iawn i'w enau. Roedd o'n gwybod beth roedd o isho'i ddeud. Roedd o'n gwybod yn iawn sut i'w ddeud o, ond doedd y geiriau ddim yn dod. Roedd o'n gwybod hefyd, efallai, mai dyma'r amser iddo sefyll a herio'i fam. Roedd yna gyfle yma i dorri'n rhydd. Cael gwared am byth ag euogrwydd ei berthynas losgachol, ond roedd yna rywbeth yn ei ddal yn ôl. Nid yma oedd yr ateb. Roedd yr ateb y tu allan i'r drws cefn. Yn yr ardd. Yn y sied.

"Dwi . . . dwi . . . dwi . . ." dechreuodd yr eil-waith.

Trodd ar ei sawdl.

"Dwi'n mynd yn ôl i'r cwt!"

Gwasgodd Magi Sent ei gwefusau'n dynn at ei gilydd. Cododd o'i chadair, ac estynnodd y bwced glo. Taflodd dri neu bedwar cnapyn go fawr i lygad y tân, a gwyliodd y lludw'n codi'n gwmwl o lwch.

"Rhy hwyr," meddai dan ei gwynt. "Gin i ofn 'mod i'n rhy hwyr."

*   *   *

Doedd Padi ddim wedi mynd i mewn i'r Leion. Yn hytrach bu'n sbecian i mewn drwy'r ffenestri a, phan welodd nad oedd Tracey yno'n disgwyl am-dano, arhosodd y tu allan amdani, ond roedd hi'n hwyr.

Bu yno am ugain munud cyn ei gweld yn dod gan hanner rhedeg tuag at y drws cefn.

"Tracey!"

Gwenodd.

"Hai, Padi!"

Gafaelodd yn ei braich a'i harwain am sgwâr y pentre.

"Nid i'r Leion 'dan ni'n mynd?"

"Syrpreis!"

"I lle?"

" 'Ti wedi cael swper?"

"Te tua pedwar . . ."

"Awn ni i'r *Chinese* yn Llandre."

"Ond sut?"

"Tacsi Moto Coch!"

Ac yn nhacsi Huw Huws Moto Coch yr aeth y ddau i gael pryd o fwyd.

"Be oedd yn bod ar y Leion?" meddai Tracey y munud yr eisteddodd yn sedd gefn y tacsi.

"Meddwl y basan ni yn cael mwy o llonydd yn Llandre . . . "

"Ofn i rywun dy weld ti hefo fi oeddach chdi?"

"Naci siŵr! Fysa'n well gen ti cael peint na *Chinese*?"

"O na! . . ."

Clodd ei braich am ei fraich yntau, a rhoddodd ei phen ar ei ysgwydd. Doedd hi ddim yn siŵr iawn pam, ond roedd yna ryw gadernid tawel yn perthyn i'r Gwyddel. Rhywbeth a wnâi iddi deimlo'n braf yn ei gwmni. Y funud honno roedd hi eisiau mynd â fo i'w gwely. Eisiau caru'n wyllt hefo fo. Roedd hi'n aml yn dwyn i gof y tro cynta a, phob tro y meddyliai am hynny, roedd yna don o fodlonrwydd braf fel petai'n golchi drosti. Gwasgodd ei fraich yn dynn, a chaeodd ei llygaid. Roedd hi'n teimlo'n sâff.

Rhuthrodd y tacsi i gyfeiriad Llandre.

" 'Ti'n dawal iawn, Padi?"

"Yndw? Sori, meddwl am petha."

"Meddwl am be?"

"Mi ddeuda i wrthat ti 'munud, O.K?"

Edrychodd i fyw ei llygaid gan daflu cipolwg i gyfeiriad y dreifar. Deallodd hithau ei awgrym a chaeodd ei cheg.

Roedd Magi Sent yn corddi.

"Y basdad bach anniolchgar!" meddai wrthi'i hun. "Y cythral bach hunan-gyfiawn!" meddai drachefn. "Jyst run fath â'i dad!" chwyrnodd.

Robat John oedd gwrthrych ei dicter. Sut y meiddiodd siarad fel yna efo'i fam? Roedd hi eisoes wedi penderfynu. Roedd y siop a'r tŷ i'w gwerthu. Wedi talu'i holl ddyledion, byddai ganddi gryn ddeugain mil yn weddill ac fe fyddai hynny'n ddigon iddi. Os nad oedd Robat John yn cytuno, câi fynd ei ffordd ei hun. Aeth ias drwyddi wrth feddwl am hynny. Beth pe bai'n neidio at y cyfle? Go brin! Byddai wedi mynd erstalwm pe bai ar fwriad gwneud hynny. Na, roedd hi'n bryd dangos pwy oedd yn teyrnasu. Un penteulu oedd yn Rhif Un, a hi oedd honno. Roedd yn bryd i Robat John wybod unwaith ac am byth pwy oedd y bòs.

Edrychodd ar y tân. Roedd wedi codi'n fflamau byw drwyddo. Cyrhaeddai y cynhesrwydd ei chluniau. Am un eiliad teimlai'n fodlon. Fe ddôi'r cyfan i drefn heno. Byddai'n rhoi ei throed i lawr, ac fe fyddai popeth wedi'i ddatrys erbyn y bore.

* * *

"Dydi potal o win hefo *Chinese* ddim yn swnio'n iawn i mi rywsut!"

"Ond nid unrhyw *Chinese* ydi Pwong Yick, Tracey! Gwatsha di be dwi'n 'ddeud, mi gei di fwyd *Chinese* iawn yn fa'ma, *Cantonese Cooking!*"

Edrychodd Tracey ar y fwydlen. Roedd hi'n adnabod ambell i beth, ond roedd y rhan helaethaf o'r bwydydd yn ddierth iddi. Roedd un peth yn sicr. Roedd y prisiau yn drybeilig o ddrud!

"Fi sy'n talu heno!" meddai Padi. "Pam na gym'rwn ni *Set Meal* i dau, *Banquet*? Mi gei di ddigon o betha gwahanol wedyn."

"Iawn."

"A potal o gwin coch *Chai*?"

"Iawn. Dwi yn dy ddwylo di, Padi."

Galwodd Padi ar y gweinydd. Wedi rhoi ei archeb a chael dwy ddiod trodd at Tracey.

"Dwi ddim isho i hyn fod yn destun y sgwrs trwy'r nos, Tracey, ond wyt ti'n gwbod be mae dy dad di yn g'neud?"

"Be ti'n 'feddwl?"

"Ei *scheme* newydd o, hel pawb o Grychlyn Uchaf . . ."

"Dwi wedi'i glywed o'n sôn am ddod â gwaith i'r ardal, ac mae o'n sôn am fynd i weithio iddo fo'i hun am ddwy flynedd neu dair, ond chlywais i mohono fo'n sôn am hel neb o Grychlyn Uchaf. Pam 'ti'n gofyn?"

"Mi fuodd o'n gweld fi a Tom Ellis heno. Isho'n barn ni am ddatblygu rhagor o Stad Crychlyn, a dod â hi i dir Crychlyn Uchaf. Roedd o'n siarad fel pe bai o isho i ni adael ein cartrefi, a symud i byw i rhywle arall."

"Dad! Choelia i fawr. Chlywais i ddim byd."

Gadawodd Padi yr holi yn fan'no. Doedd dim pwrpas dilyn y trywydd ymhellach. Gallai yn awr ganolbwyntio ar fwynhau gweddill y noson.

"Unwaith y cei di *Cantonese* go iawn, a sipian y Chai, mi fyddi di'n *hooked!*"

Crychodd Tracey ei gwefusau a thynnu blaen ei thafod ar hyd 'ddynt.

"Y cwmni sy'n gwneud pryd o fwyd da, nid y bwyd," meddai gan chwerthin yn gellweirus.

* * *

Pan oedd y cloc mawr ar daro hanner nos, ystwyriodd Winstone Mason. Cododd o'i gadair yn ei stydi, a gwisgodd ei esgidiau.

Estynnodd y ddau lythyr oedd ar y silff ben tân. Roedd y naill wedi'i gyfeirio at Padi, a'r llall at Tom a Martha Ellis. Doedd y sgwrsio ddim wedi mynd i'r cyfeiriad y dymunai gynnau fach, felly doedd dim amdani ond eu rhoi drwy'r tyllau llythyrau heno. Gallai gicio'i hun nad oedd wedi eu rhoi yn bersonol iddynt. Teimlai fel cachgi yn eu stwffio i'w tai yn nhrymder nos.

Roedd o'n siŵr eu bod yn eu gwelâu bellach a, chan ei fod yntau yn cychwyn i Lundain drannoeth, ac y byddai oddi cartref am dridiau, mi fyddai hynny'n rhoi ychydig amser i'w denantiaid stwna a dod dros y sioc waethaf. Siawns y byddai'r storm fwya heibio erbyn iddo ddychwelyd.

Sleifiodd at ddrws ffrynt Padi i ddechrau. Roedd y tŷ mewn tywyllwch. Gwthiodd y llythyr drwy'r twll lythyrau ac aeth draw at ddrws Tom a Martha.

Roedd hi'n dywyll yn Rhif Pedwar hefyd. Ceisiodd wneud yr un peth yno, ond roedd sbring caled ar gaead y twll llythyrau a chaeodd gyda chlep wrth i'r llythyr ddisgyn i'r cyntedd. Rhegodd Winstone dan ei wynt.

* * *

"Mae 'na rywun yn y drws, Tom!"

"Nac oes siŵr! Dim 'ramsar yma o'r nos!"

"Glywis i glec!"

Yn ddiamynedd braidd y cododd Tom. Gwyddai na châi lonydd nes byddai Martha'n dawel ei meddwl.

"Ffrynt 'ta cefn?"

"Ffrynt dwi'n meddwl."

Estynnodd Tom ei gôt nos ac aeth i lawr y gris-iau. Clustfeiniodd Martha o'r llofft. Clywodd bapur yn cael ei rwygo, yna saib cyn y ffrwydrad:

"Y cythral diegwyddor!"

"Tom!"

Doedd Martha Ellis ddim wedi clywed y fath eir-iau yn dod dros wefusau ei gŵr ers blynyddoedd meithion. Roedd hi'n amlwg fod rhywbeth wedi'i gynhyrfu.

Daeth i'r ystafell yn cario llythyr, ac roedd ei ddwylo'n crynu i gyd wrth iddo'i ddarllen.

"Tom! Be sy mater? Be haru chi? Be mae o'n 'ddeud?"

Estynnodd Tom y llythyr iddi; darllenodd hithau ef yn uchel.

"Annwyl Mr a Mrs Ellis,
Fel rhan o ddatblygiad arfaethedig sydd i ddigwydd gan Gwmni Gwinllan Cyf. mae yn fwriad cyflwyno cais cynllunio i ymestyn Stad Ddiwydiannol Crychlyn i gynnwys y rhes dai Crychlyn Uchaf. Bydd y datblygiad yn creu hyd at hanner cant o swyddi newydd a bydd o fudd

enfawr i'r economi lleol sydd wedi gweld dirywiad cyson yn ystod yr ugain mlynedd diwetha.

Yn ôl telerau eich tenantiaeth gyda'r Cynghorydd Winstone Mason, dyddiedig Mehefin 23ain 1971, yr wyf trwy hyn yn rhoi rhybudd i chi i ymadael â Rhif 4 Crychlyn Uchaf o fewn chwe mis i ddyddiad y llythyr hwn.

Y mae'r Cynghorydd Mason yn awyddus i'ch cynorthwyo i ddod o hyd i gartref newydd, a bydd hefyd fel arwydd o ewyllys da yn fodlon cyfrannu'n helaeth tuag at y gost o symud.

A fyddech garediced ag arwyddo'r ffurflen amgaeedig i ddynodi i chwi dderbyn y rhybudd uchod.

Yn gywir,

Bithcote & Phillips
Cyfreithwyr.

"Tom! Peidiwch cynhyrfu!"

"Cynhyrfu! Y sbwbach yna'n dod yma fel lleidar gefn nos, ac yn dengyd am ddyddia i ddisgwyl i betha dawelu! Be ma' dyn fod i'w wneud ond cynhyrfu!"

"Be dach chi'n 'feddwl dengyd o'ma?"

"Mi ddeudodd y diawl gynna fach ei fod o'n mynd i Lundan . . ."

Ac yn gynnwrf i gyd yr aeth y ddau i gysgu y noson honno. Bu Tom Ellis yn effro am oriau meithion. Yn gyfreithiol gwyddai nad oedd ganddo droed i sefyll arni. Doedd ganddo ddim dewis ond symud.

Y fo a Martha. Ond nid dyna'r pwynt. Yma yn Rhif Pedwar roedd ei le fo, roedd y tŷ yma yn golygu cymaint iddo fo. Yma y buodd Gron Bach fyw. Yma roedd ei holl atgofion. Yma roedd popeth.

Rhywbryd ynghanol y nos, clywodd sŵn chwerthin. Pwy oedd yn medru chwerthin ar awr mor annaearol? Yna gwenodd i'r tywyllwch. Roedd Padi a Tracey wedi cyrraedd gartref.

*　*　*

Roedd llais Padi yn glir fel cloch wrth ddringo'r Lôn Gul tua Chrychlyn Uchaf. Roedd o'n canu ar dop ei lais er gwaethaf ymdrechion Tracey i gau'i geg.

"And we're all off to Dublin in the green in the green With our helmets glistening in the sun . . ."

"Shhhd! Padi! 'Dan ni bron adra!"

"Fel deudodd y Bardd Mawr, E. Jarvis Thribb, 'so what, so what, so effing what!' "

"Shhhd! Padi! 'cofn i chdi ddeffro Tom Ellis a Martha!"

Cododd Padi fys i'w geg. Edrychodd ar Tracey, sadiodd ei hun a sibrydodd.

"Shhhhhd!"

Yna gafaelodd yn llaw Tracey a cherddodd ar flaenau ei draed heibio Rhif Pedwar a Rhif Tri. Rhoddodd ei law yn ei boced ac estyn ei allwedd.

Gwenodd yn wirion ar Tracey, ac amneidiodd arni i'w ddilyn. Cododd y llythyr oedd yn y cyntedd, ac wedi cau'r drws ffrynt ar ei ôl, taflodd y llythyr ar y bwrdd a gafaelodd yn Tracey.

Cusanodd y ddau yn hir ac yn swnllyd, a'u hanadl

yn byrhau fel yr âi'r eiliadau heibio.

"Tyrd i'r llofft i'r gwely bach, Tracey . . ."

"Plis Padi . . . plis . . . rŵan. Cym'ra fi rŵan."

Rhwygodd y ddau eu dillad oddi amdanynt, ac ar y mat bach o flaen y tân trydan yn y tywyllwch bu'r ddau'n ymgordeddu ym mreichiau'i gilydd.

* * *

"Robat John!"

Roedd Robat John Da yn ddwfn yn ei freuddwyd, ac roedd o'n cario rhaff. Na! Nid ei chario hi roedd o, ond ei llusgo. Roedd hi'n rhaff drom, ac yntau yn ei llusgo drwy'r goedwig. Nage, llusgo rhywun drwy'r goedwig roedd o. Roedd rhywun yn sownd ym mhen arall y rhaff, ac roedd o'n drwm, drwm. Roedd o mor drwm.

"Robat John!!"

Ei fam oedd ar ben arall y rhaff.

"Robat John!!!"

Roedd hi'n galw arno. Yn gweiddi. Ond nid fel'na roedd hi'n arfer gweiddi pan oedd o'n hogyn da. Ac roedd o'n hogyn da rŵan. Yn cysgu'n sownd.

Galw ar Robat John Drwg roedd hi. Roedd hi'n ddynes amhosib ei phlesio. Fyddai hi byth yn rowio hi'i hun pan fyddai o'n baeddu cynfasa ei gwely hi, ond os roedd o'n baeddu'i drôns . . .

"ROBAT JOHN!!!"

Roedd rhaid iddo godi. Gallai fynd i'r cwt colomennod a gwireddu'i freuddwyd. Clywodd ei hun yn gweiddi.

"Na, Mam!"

Rhedodd i lawr y grisiau yn ei byjamas. Datglôdd

y drws cefn ac aeth allan i'r ardd ac i'r cwt. Estynnodd ei raff, a chan afael yn un pen iddi, rhedodd fel ag y gwnaeth yn ei freuddwyd. Neidiodd y clawdd i ardd Rhif Dau, a martsiodd drwy rychau tatws Padi, a thros y clawdd i jyngl Winstone Mason a thros wal gerrig Tom Bach Saer ac i'r goedwig. Tynnai'r rhaff ar hyd y llawr, a dilynai hithau ef fel sarff yn ymgordeddu yn fain ac yn hir. Arafodd o ddim nes cyrraedd canol y goedwig. Yno, syrthiodd i'r meddalwch gwlyb. Gwnaeth ei hun yn belen, a bu'n rhowlio a rhowlio gan weiddi.

"Na, Mam!"

"Na, Mam!" llefodd, gan godi'i ddwylo at ei glustiau. Roedd anobaith llwyr wedi gafael ynddo. Wedi rhai munudau, ymlonyddodd.

Bu'n gorwedd yno am amser maith, yn belen o gnawd gyda chynffon hir o raff.

Clywodd leisiau. Cododd ar ei eistedd a chododd ar ei gwrcwd. Aeth ar ei bedwar fel anifail. Roedd golwg bell a gwyllt yn ei lygaid. Roedd o wedi clywed sŵn. Roedd rhywrai yn galw arno. Lleisiau merched.

"Robat Jo-hon?"

"Robat Jo-hon?"

Roedd rhywrai'n chwilio amdano! Rhaid oedd cuddio! Ond eto, nid lleisiau'n chwilio am Robat John Drwg oedden nhw.

"Robat Jo-hon?"

"Robat Jo-hon?"

Chwilio am Robat John Da roedd y rhain. Cododd ar ei draed, casglodd y rhaff yn dusw llac a rhoddodd hi am ei wddw. Cerddodd yn ei flaen. Daeth yn y man i lecyn clir. Er fod y coed yn dew a thrwchus o gwmpas y llecyn, roedd golau'r lloer yn treiddio trwodd.

Yno'n aros amdano roedd Tracey Rhif Tri a thair o'i ffrindiau yn smocio. Roedden nhw wedi gosod eu hunain mewn cylch, ac yn pasio sigarét o'r naill i'r llall, ac roedd y bedair yn noethlymun. Roedden nhw'n noeth, ac ar eu cwrcwd yn siantio.

"Robat Jo-hon. Robat Jo-hon."

Roedd o'n gweld gwynder eu cyrff yn glir. Eu bronnau, eu cefnau, rhychau eu tinau, ac roedden nhw'n galw arno fo.

"Robat Jo-hon. Robat Jo-hon. Tyrd i'r canol, Robat John. Tyn dy ddillad a thyrd i'r canol."

Ac fe aeth. Fe smociodd eu sigaréts, fe rannodd eu cyrff. Popeth erioed a ddarllenodd, popeth y bu'n breuddwydio amdano, Tracey . . . cafodd ei bleser. Gwireddwyd y cyfan mewn un awr wyllt, wirion. Roedden nhw'n dod ato, un ar ôl y llall nes iddo'n y diwedd lithro'n lwmp diymadferth i'r dail a'r mwsog.

Pan ddaeth ato'i hun, roedden nhw'n dal yno, yn gwenu arno, ac yn cyffwrdd â'i groen. Dwylo meddal yn tylino'i groen blinedig. Estynnodd un llaw a chyffwrdd bron, ei law arall yn cyffwrdd blew . . . doedd dim diwedd . . . Roedd llygaid dyfnion, duon yn edrych i fyw ei lygaid ef. Roedden nhw'n llygaid chwareus.

"Un peth arall, Robat John," meddai'r llygaid. "Dos i ben y goeden hefo'r rhaff yna."

"Pam?"

Ond doedd dim ots pam. Roedd y llygaid yn dweud, ac roedd perchen y llygaid wedi rhoi'r fath bleser iddo. Gwenodd yn wirion arnyn nhw, ac aeth yn chwim fel mwnci i ganol canghennau'r goeden.

Yno gwelodd Padi yn hongian a'i ben i lawr. Edrychodd oddi wrth y Gwyddel ac at Tracey. Cododd honno un o'i bronnau, a gallai ei gweld yn dweud:

"Tydi o'n neb . . . tydi o ddim fel ti, Robat John. Ti ydi'r brenin, Robat John. Ti ydi'n brenin ni."

Y fo oedd y brenin, a hon oedd ei orseddfainc. Edrychodd i lawr ar y merched. Roedden nhw'n siantio eto.

"Robat Jo-hon."

"Robat Jo-hon."

Clymodd un pen i'r rhaff am ei wddf, a chlymodd ran arall ohoni i'r gangen oedd yn union uwch ei ben. Roedden nhw yno, oddi tano, yn ei gymell i neidio i'w canol. Pedwar corff meddal, mwyn yn barod amdano. Pob un yn barod i agor iddo. Roedden nhw'n mwytho'u bronnau, yn llaesu'u gweflau, yn agor eu coesau, ac yn galw arno.

"Robat Jo-hon."

"Robat Jo-hon."

Roedden nhw'n galw ar Robat John Da. Roedden nhw isho iddo fo neidio atyn nhw. Neidio i ddarganfod y pleser eithaf. Y pleser tragwyddol nas teimlir ond unwaith mewn bywyd. Neidiodd.

"Maaaaaaaaaaam!"

Mygwyd ei gri gan blwc sydyn y rhaff.

PENNOD 7

ROEDD pob owns o gorff Padi yn brifo, ac roedd dyn bach hefo gordd yn ceisio cnocio'i ffordd allan o'i benglog. Am un eiliad wyddai Padi ddim hyd yn oed ble roedd o, ond fe wyddai ei fod yn sâl. Yn araf agorodd ei lygaid a gwelodd yr ystafell gyfarwydd. Y ffenest a'r llenni heb eu tynnu'n groes, y bwrdd bach, y papur wal melyn, ond roedd rhywbeth yn wahanol.

Caeodd ei lygaid, a cheisiodd ddychmygu beth oedd yn wahanol. Pan agorodd nhw drachefn gwyddai beth oedd o'i le. Daeth digwyddiadau'r noson cynt yn ôl iddo, ac yn sydyn sylweddolodd fod gwallt rhywun yn ei geg. Agorodd ei lygaid led y pen. Roedd gwallt Tracey yn ei geg, a'i bronnau'n pwyso ar ei asennau chwith. Roedd ei chorff yn feddal a chynnes. Cofiodd. Doedd o ddim isho deffro.

Ceisiodd daflu golwg bach slei tuag ati, ond doedd o'n medru gweld dim. Roedd ei gwallt a'i phen o'r ffordd, ac roedd hi'n cysgu'n drwm. Roedd ei hanadl yn gynnes ar ei wddf, a'i bronnau'n codi a gostwng yn rheolaidd ar ei fynwes. Roedd ganddo ofn beth fuasai ei hymateb pe bai'n deffro'n sydyn, a sylweddoli ymhle roedd hi.

Edrychodd ar y cloc ar y bwrdd bach. Chwech o'r gloch! Roedd dwy awr dda arall cyn y byddai'n gorfod codi, ond o, roedd y cnocio yna'n brifo! Bydd-ai'n rhaid iddo godi i gael diod.

Ceisiodd sleifio yn dawel o'r gwely heb ddeffro Tracey, ond ni lwyddodd. Cododd y pen melyn ac, wedi rhai eiliadau, agorodd y llygaid glas.

"Blydi hel . . . dwi'n sâl!"

A suddodd yn ôl yn ddiymadferth ar y gwely. Ceisiodd Padi wenu a gwamalu.

"Y cwcio neu'r Chai?"

"Y?"

Ysgydwodd yr ysgwyddau. Roedd hi'n chwerthin, ac yn meddwl am rywbeth arall.

" 'Sgin ti *Andrews* neu *Resolve*?"

"*Resolve*."

"Ga i beth, plis?"

Cododd Padi, ac aeth i'r stafell molchi, a dychwelodd gyda dau wydraid o ddŵr, dau fesur o *Resolve* a llwy. Estynnodd un i Tracey. Gyda dwylo crynedig, agorodd bennau'r pecynnau a'u tywallt ar ben y dŵr yn y gwydrau.

"Iechyd da!" meddai gan lowcio un ohonynt. Yna fel pe bai'n sylweddoli'n sydyn:

"Arglwydd mawr! be ddeudith dy fam a dy dad?"

Roedd Tracey'n hollol hunanfeddiannol. Llync-odd ei gwydraid diod, a suddodd yn ôl ar y gwely.

"Mae Dad wedi mynd i Lundan ers trên chwech, ac mi ddeudais i wrth Mam ella y baswn i'n aros yn nhŷ Dorothy neithiwr, felly fydd hi ddim yn poeni."

Gollyngodd Padi ochenaid o ryddhad. Rhwbiodd ei lygaid yn galed. Roedd y dyn bach â'r ordd yn dal ati.

"*Jesus!* gin i gur yn y pen! Faint o gloch oeddan ni adra dywad?"

"Un? Dau? Pwy ŵyr? . . . ond dwi'n cofio'r mat o flaen y tân, wyt ti?"

Chwarddodd Padi. Yna cofiodd rywbeth arall. Y llythyr oedd wedi ei roi drwy'r drws pan oedd o a Tracey allan.

"Dwi'n mynd lawr . . . mi wna i panad."

Estynnodd ei gôt nos a'i gwisgo.

"Jyst rhag ofn i Magi Sent, neu dy fam gweld fi a cael sioc!"

Aeth i lawr y grisiau ac estynnodd y llythyr. Agorodd ef a'i ddarllen yn ofalus. Rhybudd i adael oedd o gan gyfreithwyr Winstone. Tri mis o rybudd i adael Rhif Dau.

Yna cofiodd am ymddygiad Tom Saer y noson cynt. Roedd Tom yn argyhoeddedig fod Winstone yn gwybod mwy nag roedd o'n 'ddatgelu. Roedd y llythyr hwn yn dangos hynny yn hollol amlwg. Ei reddf oedd mynd yn syth drws nesa a gofyn i Winstone beth oedd ystyr y llythyr, ond roedd hwnnw wedi mynd i Lundain am dridiau, felly doedd dim pwrpas. Ond beth ar wyneb y ddaear oedd bwriad Winstone? Roedd yn rhaid holi mwy ar Tracey, efallai ei bod hi'n gwybod am fwriadau'i thad.

Yn y gegin gefn, rhoddodd ddŵr i ferwi yn y teciall. Estynnodd ddau fŵg o'r cwpwrdd, ac wrth droi i estyn am y llefrith o'r oergell sylwodd arni drwy'r ffenest. Rhwbiodd ei lygaid, ac edrychodd drachefn.

Roedd Magi Sent yn ceisio agor drws y cwt yng nghefn yr ardd. Fyddai o ddim wedi meddwl ddwywaith am y peth, ond roedd rhywbeth yn od ynglŷn â'r ddynes. Roedd hi'n ceisio agor y drws drwy ddefnyddio bwyell fel lifar, ac yn ceisio chwalu'r clo clap. Gan nad oedd hynny'n gweithio, dechreuodd waldio'r clo. Bu'n edrych arni am rai munudau rhwng dau feddwl beth i'w wneud. Gallai gynnig ei helpu, ond ble roedd Robat John? Onid allai o agor y drws iddi? Dyna pryd y sylweddolodd Padi efallai fod rhywbeth o'i le.

Aeth allan drwy'r drws cefn a dechrau cerdded llwybr yr ardd. Pan oedd hanner ffordd i fyny, galwodd arni.

"Mrs Jones?"

Pan drodd, dychrynodd Padi drwyddo. Roedd ei hwyneb yn welw a rhychiog, ei phen bron yn foel ac roedd golwg wyllt, ffyrnig a phell yn ei llygaid.

"Mrs Jones . . . ydych chi'n iawn?"

"Busnas neb . . . !" mwmianodd, gan ymosod ar y drws eto.

Lapiodd Padi ei gôt nos yn dynnach amdano. Edrychodd tua ffenest ei lofft a gwelodd wyneb Tracey yn sbecian. Drws nesa roedd Harriet Mason hithau'n edrych, a doedd bosib nad oedd Tom a Martha wedi'u deffro gan y sŵn hefyd. Troes yn ôl at Magi Sent.

"Lle mae Robat John?" holodd.

"Y trychfil uffar . . ." sgyrnygodd Magi. "Pan ga i afael ynddo fo . . ."

"Mrs Jones." Camodd Padi yn ofalus dros y ffens ac at Magi. "Oes yna rhywbeth wedi digwydd?"

Gollyngodd yr hen wraig y fwyell a syrthiodd ar ddrws y sied.

"Lle mae o?" llefodd. "Lle mae fy hogyn bach i?"

Llithrodd yn araf a llipa i lawr y drws nes roedd yn un swp ar y llawr. Ceisiodd Padi ei chodi, ond roedd hi'n rhy drwm iddo. Cododd ei olygon, a gwelodd Tracey wedi'i lapio'i hun yn ei anorac o yn rhedeg trwy'r ardd tuag atynt. Trwy gornel ei lygad, gwelodd fod Tom hefyd yn croesi'r gerddi tua'r sied.

Ymhen ychydig eiliadau roedd y tri ohonynt yn gafael ac yn cynnal yr hen wraig. Rhyngddynt, llwyddwyd i godi Magi ar ei heistedd, a'i chael i godi, a cherdded rhyngddynt i'w thŷ. Roedd yr hen wraig fel pe'n ffwndro. Roedd ei llygaid yn rhowlio yn ei phen a'i lleferydd yn aneglur.

"Ll' . . . ma' . . . o Tom . . . TOM?"

" 'Di o ddim yn y sied, Magi . . ."

"F'nno . . . ma' fo . . . pan fydd o'n ddrwg . . . Tom. Pa' fydd o'n ddrwg."

"Mae'r sied wedi'i chloi o'r tu allan, Magi . . ."

Yna fel pe bai'n ceisio'i harwain i ddweud ychwaneg, gofynnodd iddi.

"Ydi o yn y llofft, Magi? Ydi Robat John yn y llofft? Oes yna rywbeth wedi digwydd iddo fo yn y llofft?"

Atebodd yr hen wraig mohono. Roedd yr edrychiad a roes Tom ar Padi yn un yrrodd ias i lawr cefn y Gwyddel. Un peth garlamai drwy'i feddwl, be uffar oedd yna yn y llofft. Oedd yna waed? Oedd yna gorff? Rhywbeth gwaeth? Aeth Padi'n chwys oer drosto.

"Well i ti fynd yn ôl i'r tŷ, Tracey." Gorchymyn oedd hwnna. "Mi fydda i a Tom yn iawn."

Y peth cynta drawodd Tom wrth gario Magi i'r gegin oedd yr ogla a lenwai'r gegin a llawr y tŷ.

"Aros di hefo Magi yn fa'ma, Padi. Mi a' i i fyny'r llofft i edrych."

Caeodd Tracey'r anorac yn dynn amdani ac aeth yn ei hôl i dŷ Padi. Edrychodd hi ddim i gyfeiriad ffenestri cefn ei chartref, roedd hi'n gwybod fod ei mam wedi'i gweld. Erbyn hyn doedd dim ots ganddi. Dim ots o gwbl.

Ofni'r gwaetha roedd Tom Saer, a'r unig reswm na fyddai wedi gofyn i Padi fynd i fyny'r grisiau oedd ei fod o wedi synhwyro fod Padi'n anesmwyth. Roedd yntau wedi cynefino cymaint â chyrff. Rhaid bod rhywbeth wedi digwydd i'r hogyn. Esgynnodd y grisiau yn araf a phendant.

Unwaith eto, roedd Tom yn ymwybodol o'r ogla oedd yn y llofft, fel i lawr y grisiau. Yn y llofft gynta, llofft Magi, doedd dim i'w weld o'i le. Roedd y stafell molchi hefyd yn wag. Edrychodd ddwywaith ar ddrws yr ail lofft. Roedd rhywbeth yn od iawn ynglŷn â'r drws. Roedd dau far trwm wedi eu gosod arno – o'r tu allan – ac roedd y ddau wedi'u taflyd.

Llithrodd y ddau yn eu holau, agorodd y drws a throdd y bwlyn. Cymerodd anadl ddofn, ac agorodd y drws. Bu bron iddo gyfogi gan yr arogl. Hen arogl. Arogl dyn. Arogl baw. Arogl afiach.

Roedd yr ystafell yn dywyll, a'r llenni wedi eu tynnu. Roedd y gwely'n wag ac yn fudr. Camodd Tom at y llenni ac, wedi'u hagor, sylwodd fod hanner isa'r ffenest ar agor. Edrychodd o'i amgylch eto; doedd Robat John ddim yma 'chwaith. Aeth yn ei ôl i lawr y grisiau.

Cododd Padi ei olygon. Ysgydwodd y saer ei ben.

"Tydi o ddim yn y llofft, Magi. Lle fedar o fod?"

"Sied."

"Ond mae honno wedi'i chloi o'r tu allan."

Yna daeth rhywbeth arall i feddwl Tom.

"Chi oedd y dweutha i gloi y sied, Magi? Chi ddaru'i chloi hi?"

Mwmianodd yr hen wraig rywbeth annealladwy.

"Padi," meddai Tom. "Dos i ddeud wrth Martha am ddod draw yma. A deud wrthi am ffonio Hefin Prichard Plisman i ddŵad hefyd. Dos ditha i newid, wedyn mi awn ni'n dau i sbio be sy'n y sied."

Yna trodd at yr hen wraig.

"Ga i wneud panad boeth i chi, Magi?"

Rhedodd Padi nerth ei garnau i Rif Pedwar, a rhoddodd y neges i Martha Ellis. Dychwelodd wedyn i'w gartref ei hun. Roedd Tracey eisoes wedi gwisgo ac wedi dadebru drwyddi.

"Oedd o yn y llofft?" gofynnodd.

Ysgydwodd Padi ei ben.

"Mae o ar goll . . . mae Tom yn meddwl ella i fod o yn y sied."

Gwisgodd ei ddillad yn wyllt, ac aeth yn ei ôl i Rif Un. Roedd Martha Ellis wedi cyrraedd, ac yn helpu'i gŵr i wneud panad o de i Magi Sent. Roedd hithau yn dal i fwmial, ond geiriau aneglur ddeuai o'i genau.

"Tyrd, Padi," meddai Tom, "awn ni i weld os ydi o yn y sied."

Craffodd Tom Ellis drwy ffenest y sied ond ni allai weld dim. Ni chredai fod corff yno ond, rhag ofn, gwell fyddai malu'r clo. Gafaelodd yn y fwyell, a chydag un ergyd ofalus ei hanel, chwalodd y stwffwl derbyn. Agorodd y drws ar ei golyn gyda gwich ysgafn.

Y gist oedd y peth cynta dynnodd sylw'r ddau, ond roedd honno wedi'i chloi hefyd, ac ni welai

Tom unrhyw gyfiawnhad dros ei hagor. Doedd Robat John ddim yn y sied 'chwaith.

* * *

Roedd y trên yn tynnu'n araf allan o stesion Caer, ac roedd Winstone yn dal i hel meddyliau.

Roedd o'n teimlo'n rêl cachwr wedi gwthio'r amlenni drwy ddrysau Padi a Tom Bach Saer yn nhrymder nos, ond ei obaith oedd y byddai sioc a thymer wedi tyneru erbyn iddo ddychwelyd ymhen tridiau. Ni fedrai o yn ei fyw weld pam y dylai'r ddau sefyll yn ei ffordd o i werthu a datblygu'r tir.

Doedd ganddo ddim rhithyn o gydwybod ynglŷn â'r Gwyddel, wedi'r cyfan dim ond am ychydig fisoedd yr oedd o wedi byw yn Rhif Dau, ond roedd o yn teimlo'n anesmwyth am Tom a Martha Ellis. Roedden nhw'n bâr oedd wedi byw yn agos iawn i'w lle, yn ddau a ddaliai barch y gymdogaeth, ac yn ddau oedd yn tynnu 'mlaen.

Fe groesodd ei feddwl unwaith i brynu tŷ arall iddyn nhw, tŷ tebyg i Rif Pedwar i lawr yng Nghrychlyn ei hun a gosod hwnnw iddyn nhw ar yr un telerau ond wedyn, pam y dylai o orfod tyrchu i'w boced a gwario efallai ddeng mil ar hugain ar symud y ddau?

Na, roedd o'n gweithredu o fewn ei hawliau yn gofyn am Rif Pedwar yn ôl, ac roedd o wedi meddwl am ffordd o ddefnyddio'r wybodaeth oedd gan Harri a Rod am Sam Elliott. Pan ddychwelai o Lundain, ei fwriad oedd datgelu cynnwys y ddalen i Elliott am bris. Y pris hwnnw fyddai tŷ cyngor bach taclus i Tom a Martha Ellis.

Roedd o eisoes wedi ystyried y cam nesa. Mi fyddai'r newyddion fod yna ddatblygiad i fod yng Nghrychlyn Uchaf yn sicr o ledaenu fel tân gwyllt drwy'r pentre. Y peth pwysicaf i'w gyhoeddi nesa oedd fod yna hanner cant o swyddi da ar y ffordd hefyd. Yna, pan fyddai'r siarad ar ei anterth, ei fwriad oedd galw cyfarfod cyhoeddus i egluro'r datblygiad, egluro ei ran o'i hun yn y fenter a bwrw 'mlaen â'i gynlluniau.

Ond troi'n ôl at Tom a Martha Ellis wnaeth ei feddyliau. Y nhw oedd yr allwedd i'w lwyddiant. Beth pe na baen nhw'n fodlon symud i dŷ cyngor? Beth pe baen nhw'n gwrthod symud?

Roedd y trên yn chwyrnellu mynd erbyn hyn, ac estynnodd Winstone ddogfennau'r pwyllgor o'i ges. "Association of District Councils . . ." Ddarllenodd o ddim mwy na hynna. Crwydrodd ei lygaid drwy'r ffenest drachefn a gwyliodd y gwyrddni'n gwibio heibio.

* * *

Doedd amynedd Tom Ellis ddim gan Hefin Prichard Plisman.

"Lle mae o, Mrs Jones?"

Ysgydwodd Magi'i phen.

"Dach chi wedi g'neud rhywbath iddo fo?"

Ysgydwodd ei phen yn ffyrnicach.

"Fasa fo yn y siop?"

Goleuodd wyneb yr hen wraig.

"Agor! 'Di m'nd i agor . . . mae o?"

"Bora Sul ydi hi, Magi. Tydach chi ddim ar agor ar fora Sul yn' nac ydach?"

Suddodd Magi i'w chwman eto. Yn sydyn cododd ei phen.

"Coed!" llefodd, "Mae o w'ithia'n Coed Crychlyn! D'na lle mae o, Tom! TOM!! . . . Dwi'n gwbod!! Dwi'n gwbod!!!"

Ysgydwodd y plisman ei ben mewn anobaith.

"Mi a' i i chwilio rhag ofn . . . ydach chi . . . un ohonach chi am ddod?"

"Well i chdi aros yma, Martha . . . mi aiff Padi a minnau hefo Hefin Prichard . . . mi fydd tri yn gynt nag un," oedd unig sylw'r saer.

* * *

Doedd Harriet Mason ddim yn deall y peth o gwbl, ac roedd hi wedi dechrau beichio crio. Roedd hi wedi gwylio'r ddrama o'i ffenest llofft, ac wedi sylweddoli fod rhywbeth wedi digwydd i Robat John. Ond doedd hynny ddim yn ei phoeni. Yr hyn roesai sioc iddi oedd gweld Tracey yn rhedeg yn hanner noeth yn anorac Paddy Trinkett trwy'r ardd at y sied. Nid gyda Dorothy y treuliodd Tracey'r noson cynt ond yn Rhif Dau hefo'r Gwyddel! Beth ar wyneb y ddaear ddaeth dros ei phen hi? A mwy na hynny, roedd hi'n amlwg yn ôl ei gwisg ei bod hi wedi cysgu yno. Tracey! Dwy ar bymtheg oed yn rhannu gwely gyda gŵr oedd bron yn ddwbwl ei hoedran!

Doedd pryder Magi Sent am ei mab yn ddim o'i gymharu â'i phrofedigaeth hi y funud hon. Ymhle roedd Winstone? Pam na allai fod yma rŵan, rŵan pan oedd ei angen fwya? Clywodd Harriet y cyfog yn codi, a rhuthrodd i'r stafell molchi.

Wedi chwydu, aeth i lawr y grisiau a gwnaeth baned boeth iddi'i hun. Ymdawelodd. Estynnodd ddyddiadur ei gŵr oddi ar ei ddesg yn y parlwr ffrynt, a nododd rif ffôn y gwesty roedd Winstone yn aros ynddo. Roedd o wastad yn gadael rhif lle gellid cael gafael arno mewn argyfwng, ac roedd hwn yn argyfwng, roedd rhaid iddo ddod adre.

Cododd y ffôn a deialu rhif y gwesty.

* * *

Roedd arogl hyfryd y bore yng Nghoed Crychlyn wrth i'r tri wlychu'u traed yn y gwlith ar y ffordd i'r goedwig.

" 'San ni'n cerddad ddecllath oddi wrth ein gilydd, yn syth trwadd" meddai'r plisman. "Mi 'gwnawn ni hi ar ddwy swip wedyn."

Aeth Tom i'r chwith eitha, Padi i'r canol a'r plisman i'r dde. Rhyw ganllath yr oedden nhw wedi'i cherdded pan glywodd y ddau ebychiad y plisman.

"O . . . o . . . o . . . o . . . o!"

Yna, chwibanodd ei bib nes roedd y sŵn yn diasbedain trwy'r goedwig. Rhedodd y ddau arall tuag ato. Mewn llannerch fechan o'u blaenau gwelsant gorff noeth Robat John yn crogi ar gangen coeden. Roedd ei ddillad yn un swp ger ei bôn.

Safai'r plisman yn safnrwth, wedi'i barlysu. Llyncodd Padi yntau ei boer. Roedd o fel edrych ar ffilm gowboi. Roedd y corff yn ysgwyd yn araf yn ôl ac ymlaen wrth y rhaff, fel pendil cloc mawr, ond ar wahân i'r sigl roedd y corff yn gwbwl lonydd. Mewn chwinciad roedd Tom Ellis wedi llamu heibio i'r ddau arall ac wedi dringo'r goeden fel gwiwer. Tynnodd gyllell o'i boced a chydag un gwaniad cyflym roedd y corff a'r rhaff wedi syrthio i'r llawr.

Y saer oedd y cynta i'w gyrraedd eto, ond gwyddai fod Robat John ymhell y tu hwnt i ymgeledd unrhyw fod dynol. Roedd ei wyneb wedi glasu, ei dafod wedi chwyddo, a *rigor mortis* wedi sythu'i gymalau.

"Prichard!" gwaeddodd Tom, ond doedd dim iws. "Padi!" gwaeddodd drachefn pan welodd na thyciai dim gyda'r plisman. Roedd Hefin Prichard yn sâl drwyddo. Trodd ar ei ochr a chwydodd gynnwys ei stumog i fôn coeden.

Daeth Padi'n nes.

"Dos i ffonio'r plismyn, dywad fod angen ambiwlans, a bod angen cymorth ar Hefin Prichard!"

Ar amrantiad, diflannodd Padi. Roedd o mor falch o gael gadael y lle. Aeth Tom at y plisman.

"Dach chi'n iawn?"

Nodiodd hwnnw.

"Mae'n ddrwg gen i . . ."

Ysgydwodd y saer ei ben.

"Dim isho i chi ymddiheuro. Dyna wnes inna pan welis i'r cynta hefyd . . ."

"G'neud amdano'i hun ddaru o?"

"Edrach yn debyg. Does yna ddim olion fod yna neb arall wedi bod yma."

"Y diawl gwirion!"

Chymerodd Tom Ellis ddim sylw o eiriau'r plisman. Roedd o'n cofio'r hyn welodd yn y llofft. Y ddau far ar draws y drws, a'r ogla.

"Robat John Dlawd," meddai dan ei wynt.

* * *

Roedd y Prif Arolygydd Pugh yn ei wely yn cysgu'n sownd pan ganodd y teclyn yn ei glust. Bu'n canu am rai eiliadau cyn iddo sylweddoli, rhwng cwsg ac effro, mai'r ffôn oedd yn canu ac yn cymell. Ymbalfalodd am y derbynnydd a chododd ef i'w glust. Roedd y llais y pen arall yn glir ac i'r pwynt:

"Drwg gen i eich styrbio chi, syr, ond mae yna gorff arall wedi'i ddarganfod yng Nghoed Crychlyn."

"Be?!"

Cododd y Prif Arolygydd ar ei eistedd mewn anghrediniaeth. Aeth y llais rhagddo:

"Patrick Trinkett, y dyn compiwtars wedi ffonio, maen nhw wedi ffendio dyn wedi crogi yn y coed."

"Iawn. Mi fydda i yna mor fuan â phosib."

Suddodd y Prif Arolygydd yn ôl ar ei wely. Dau gorff mewn mis! Be ar wyneb y ddaear oedd yn digwydd? Roedd o wedi treulio ugain mlynedd yn y ffôrs ac wedi dod ar draws dau, efallai dri chorff mewn mis, ac roedd hynny yn ninasoedd Lloegr, a rŵan, dyma fo wedi dychwelyd i riteirio fwy neu lai i gefn gwlad ac yn cael dau yng Nghrychlyn o bob man. Un wedi'i daro â phastwn, un wedi'i grogi. Pwy tybed oedd y 'nhw' oedd wedi ffendio'r corff, a beth oeddan nhw'n 'wneud yn y coed yr amser yma o'r bore? Patrick Trinkett wedi ffonio . . . roedd hwnnw'n byw yng Nghrychlyn Uchaf. Gwaith deng munud o redag adra at y ffôn . . . neu fynd y ffordd arall i'r ciosg . . .

Oerodd ei gorff drwyddo. Aeth ias i lawr ei asgwrn cefn. Wrth gwrs! Am ennyd roedd o'n dal gyda llofruddiaeth Richard Williams y Foel, ac roedd y peth wedi'i daro fel mellten. Pam na fuasai wedi meddwl am hynny o'r blaen? Y ciosg! Roedd y llofrudd wedi stopio yno, nid yn gymaint i guddio'r pastwn, ond i ffonio!

Neidiodd ar ei draed yn wyllt i gyd. Rhwygodd ei ddillad nos oddi amdano a gwisgodd ei lifrai heb hyd yn oed shafio na molchi. Rhuthrodd i lawr y grisiau ac, o fewn ychydig funudau i godi, roedd o yn ei gar yn chwyrnellu mynd tua Swyddfa'r Heddlu yn Llandre.

* * *

Roedd Winstone Mason yn crynu gan gynddar-edd.

Wrth iddo dorri'i enw yn llyfr y gwesty roedd y ferch ifanc yn y dderbynfa wedi dweud wrtho fod neges wedi'i gadael iddo. Estynnodd gerdyn iddo. Roedd rhif ffôn ei gartref arno a nodyn yn dweud wrtho am ffonio ar fyrder.

Ffoniodd ar unwaith, ac roedd hi'n amlwg fod Harriet yn histeraidd. Methodd Winstone ei thawelu. Roedd hi'n dal i feichio crio pan roddodd y derbynnydd i lawr, ond roedd o'n gwybod y gallai ganu ffarwél i'w dridiau yn Llundain.

Go damia Tracey! Beth ar wyneb y ddaear oedd wedi dod dros ei phen? Yna meddyliodd am ei ferch fach benfelen yn cydorwedd â'r Gwyddel ac aeth ias o ddicter drwyddo. Damia. Damia. Damia!

* * *

134

"Ac mi rydych chi'n berffaith siŵr?"

Roedd y Prif Arolygydd yn gwrando'n astud ar yr atebiad, ac yn gwneud nodiadau yn y llyfr o'i flaen. Dychwelodd y ffôn i'w grud, gorffennodd ysgrifennu a phwyso botwm yr intercom o'i flaen.

"Ia, syr?"

"Dowch drwadd am funud, Prichard."

Roedd Hefin Prichard wedi cael amser i ddod ato'i hun ar ôl profiad y bore bach. Doedd Tom Saer ddim wedi deud dim wrth y Prif Arolygydd, diolch am hynny.

"Ydach chi wedi gorffen y riport ar Robert John Jones?"

"Bron iawn, syr . . ."

"Hunanladdiad?"

"Mi fydd rhaid i ni gael adroddiad y *Path Lab* cyn penderfynu hynny, syr, ond mi roedd o'n edrych felly."

"Mae gen i lythyr yn fa'ma i chi ei deipio a'i ffacsio drwadd i bencadlys British Telecom . . . cais ydi o i gael rhestr o'r galwadau wnaethpwyd o'r ciosg lle cawsom ni hyd i'r pastwn laddodd Richard Williams y Foel . . . rydw i wedi cael sicrwydd os y cân' nhw'r llythyr o fewn yr awr, y cawn ni'r wybodaeth yn ôl bron gyda'r troad."

Gafaelodd Hefin Prichard yn y llythyr. Rhaid fod y Prif Arolygydd wedi cael gafael ar rywun go uchel i gael y wybodaeth ar ddydd Sul.

"Mi ddylsan ni fod wedi tshecio hyn yn gynt, syr."

"Gynnau fach meddyliais i am y peth, Prichard; wn i ddim os bydd o'n dangos rhywbeth, ond o leia mae o'n un llwybr nad ydan ni wedi'i droedio."

Aeth awr gyfan heibio cyn dychwelwyd y ffacs.

Yn y tridiau cyn y llofruddiaeth a'r ddeuddydd canlynol gwnaethpwyd pedair ar ddeg o alwadau o'r ciosg. Roedd pob un ond un yn alwad leol – roedd y llall yn alwad dramor a gostiodd dair punt. Roedd dwylo'r Prif Arolygydd yn crynu wrth ddarllen y ddalen.

"Prichard," hysiodd "Faint o'r gloch ddaru'r *Path Lab* amcangyfri y buodd Richard Williams farw?"

"Rhwng saith a naw yn y bore, syr."

"Galwad dramor o'r ciosg, Prichard . . . am ddeng munud i naw fore'r llofruddiaeth!"

Estynnodd ei lyfr ysgrifennu drachefn, a sgriblodd y rhif ar ddalen ohono.

"Ffacs arall, Prichard, i Interpol y tro hwn – gofynnwch am enw a chyfeiriad i'r rhif yma . . . mi ffonia inna'r Dirprwy i ddweud wrtho beth sy'n digwydd. Siawns na fydd o'n falch o gael ei styrbio hefo newydd fel hwn!"

PENNOD 8

DRWY gydol y siwrnai o Fangor i'w gartref, roedd Winstone Mason wedi bod yn rihyrsio yr hyn yr oedd am ei ddweud wrth ei ferch. Roedd wedi penderfynu cadw'i dymer a cheisio dangos i Tracey oferedd ei ffordd. Doedd o ddim yn deall ei ferch o gwbl. Un peth oedd cael perthynas gyda bachgen yr un oed â hi, ond lwmp o Wyddel oedd ddeg neu ddeuddeng mlynedd yn hŷn na hi ?

Roedd hi yno pan agorodd o ddrws y lolfa. Roedd Harriet wedi dechrau wylo'n dawel yn y gornel pan glywodd hi ddrws y ffrynt yn clepian ar ei ôl, a Tracey yn darllen cylchgrawn. Aeth pethau ddim cweit fel y trefnodd yn y trên.

"Be UFFAR wyt ti'n 'feddwl wyt ti'n 'wneud?"

Cododd ei llygaid ac edrych arno. Na, nid edrych arno, ond edrych drwyddo. Os oedd o eisiau cwffas eiriol, roedd hi'n barod amdano.

"Be dach *chi'n* 'neud dach chi'n 'feddwl!? Dach chi'n dinistrio bywydau pobol."

Doedd o ddim wedi paratoi, nac yn barod am hyn. Roedd o'n dychmygu y buasai hi fel llygoden fach, yn derbyn ei chystwyo gyferbyn â'i mam, yna'n rhedeg i'r llofft i bwdu a chrio.

"Dwi'n dod â hannar cant o swyddi i'r lle yma, 'ngenath i, a dy le di ydi trio bod yn gefn i mi, yn lle gweithredu fel neidar wenwynig yn fy nghefn i."

"Rydach chi'n troi Padi a Tom a Martha Ellis o'u tai er mwyn i chi neud toman o bres i chi'ch hun!"

"Tracey! Does gen ti ddim syniad be wyt ti'n 'ddweud! A beth bynnag nid dy le di ydi trin a thrafod fy musnas i, mae gynnon ni fel teulu betha pwysicach o lawer i'w trafod . . . fel dy berthynas di hefo'r dyn Trinkett yma."

"Does yna ddim byd medrwch chi na Mam ei wneud i newid fy meddwl i . . ."

"Tracey!"

". . . mae Padi a finna wedi siarad, ac rydw i wedi penderfynu."

"Be wyt ti'n 'feddwl?"

"Rydw i'n symud at Padi."

"Be!"

"Dwi'n symud i fyw ato fo."

"Ers faint ma' hyn yn mynd ymlaen?"

"Rhai wsnosa . . ."

"Ychydig wsnosa! Ac mi rwyt ti yn ei wely o'n barod!"

"Plis, Tracey . . ." nadodd ei mam "Tria weld sens . . ."

"Os medra i wneud syms yn iawn, cael a chael buodd hi i chi'ch dau briodi hefyd!"

"Tracey! Dy les di sydd gin dy fam a finna mewn golwg . . ."

"Eich lles eich hun sydd gynnoch chi mewn golwg, a pheidiwch â thrio deud yn wahanol . . . Winstone Mason sy'n dod gynta! Y fo ydi Alpha a blydi Omega y tŷ yma!"

Roedd o'n berwi gan gynddaredd eisoes, ond bu clywed ei brawddeg ola yn ormod iddo. Trawodd Winstone hi ar draws ei hwyneb. Yn ara bach, troes hithau yn ôl i'w wynebu. Roedd ei boch yn boeth. Roedd ar dân. Doedd o erioed wedi'i tharo o'r blaen.

"Dad?!" Llefarodd y gair yn dawel, mewn anghrediniaeth ei fod wedi gwneud y fath beth. Poerodd y gair ato drachefn. "Dad! Am blydi Dad!"

Yna agorodd y fflodiart. Rhuthrodd am y grisiau. Aeth i'w hystafell, clodd ei drws a thaflodd ei hun ar y gwely yn beichio crio. Ni bu yno'n hir. Sychodd ei hwyneb ac agorodd ddrws ei wardrob.

Estynnodd ei ches gwyliau, a dechreuodd bacio'i dillad. Clywodd glep y drws ffrynt, ac aeth allan i'r landing i sbecian. Gwelodd ei thad yn neidio i'w gar ac yn sgrialu mynd i lawr i'r pentre. Gorffennodd ei phacio, ac aeth i lawr y grisiau. Agorodd ddrws y ffrynt. Oedodd, aeth yn ei hôl i'r tŷ ac i stydi ei thad. Edrychodd ar y papurau ar y bwrdd.

"Plans for erection of studio . . ." darllenodd. Ei bwriad cynta oedd malu a chwalu'r cyfan, ond ail-feddyliodd. Gafaelodd yn y cwbwl lot a'u stwffio dan ei chesail.

"Reit . . . y Cynghorydd Winstone Mason!" sibryd-odd yn ffyrnig dan ei gwynt, cyn martsio at ddrws Rhif Dau, a chnocio'n galed arno. Ymhen rhai eiliadau agorodd Padi'r drws iddi.

"Tracey!" Roedd Padi wedi dychryn.

"Be sy'n bod?"

"Ffrae . . ."

"Dy dad?"

". . . ffrae fawr, a mae o wedi 'nharo i."

"Tyrd i tŷ . . ."

Mewn ychydig funudau roedd y ddau yng nghegin gefn Padi a Tracey wedi taflu'r papurau ar y bwrdd bwyd, ac wedi dweud y cyfan wrtho. Aeth Padi i'w gwpwrdd diod, tywalltodd ddogn helaeth o'r botel fodca i wydryn a rhoddodd fymryn o *Coke* ar ei ben. Estynnodd hwnnw iddi. Estynnodd un arall iddo'i hun.

"Yfed hwnna Tracey . . . mi fyddi di'n well wedyn 'sti."

Gollyngodd Tracey ei hun i'r gadair freichiau, ac aeth Padi at y bwrdd a dechreuodd bori trwy'r papurau. Gafaelodd mewn un ddalen a bu bron iddo dagu ar ei ddiod.

"Holy Mary, Mother of Jesus!"

Roedd Padi'n syllu ar y llungopi ar y ddalen ffacs. Edrychodd i gyfeiriad Tracey.

" 'Ti'n gwbod beth 'di rhein?"

"Papura Dad am Stiwdio Crychlyn."

"Gwranda, rhaid ti 'rhoi nhw nôl. Gad i fi g'neud nodiada bach . . ."

"Dwi ddim yn mynd yn ôl i'r tŷ yna eto!"

"Tracey! Rhaid i ti. Os 'ti'n deud fod dy dad wedi mynd a fonta'n gwyllt, fydd o ddim 'nôl am beth amser."

Aeth Padi trwy'r papurau'n gyflym. Oedodd drachefn uwchben dogfennau eraill, a gwnaeth nodiadau. Bu'n myfyrio'n hir uwchben y llungopi, a'r wybodaeth am Sam Elliott.

Wedi iddo orffen, casglodd y cyfan ynghyd yn un bwndel taclus, ac o'i hanfodd yr aeth Tracey â nhw'n ôl adre.

* * *

Bu Winstone yn dreifio o amgylch y fro am ugain

munud. Roedd rhaid iddo ddal i fynd a mynd neu mi fuasai wedi colli'i bwyll. Gallai'i gicio'i hun am daro Tracey. Doedd o erioed wedi codi bys bach ati cyn hyn. Erioed! Ac eto roedd o'n teimlo ei bod hi'n haeddu'r beltan. Roedd ei geiriau wedi'i frifo i'r byw.

Aeth i gyfeiriad y Leion. Roedd rhaid iddo gael whisgi mawr.

* * *

Roedd Padi wedi bod draw gyda Tom Saer, ac wedi cael sgwrs hir ag o. Roedd o wedi mynegi ei amheuon ynglŷn â chynllun Winstone ac am drefnu i fynd i Lerpwl i weld ei hen fòs, *Professor* Stanley.

"Mae yna ddrwg yn fa'ma, Tom, a dwi'n meddwl y medra i ffendio tipyn bach o atebion yn Lerpwl."

"Be sy'n g'neud i ti feddwl hynny?"

Dywedodd wrth Tom fel yr oedd wedi gweld dogfen gan Tracey ynglŷn â'r cynllun. Dogfen oedd ym meddiant ei thad.

"Papur yma oedd gan Winstone . . . roedd yna bethau ar y papur yna, Tom, dwi'n siŵr mai petha *classified* oeddan nhw . . . petha sydd ar *computers* y *police* . . . mae yna *codes* ar y top, *codes* i rhaglenni *computers* tebyg i rhai oeddwn i'n gweithio arnyn nhw blynyddoedd yn ôl . . ."

Doedd Tom fawr elwach, a doedd ganddo ddim syniad beth oedd ym meddwl Padi, ond diawch, doedd yntau ddim wedi bod yn Lerpwl ers sawl blwyddyn.

"Pryd 'rei di, Padi?"

"Roeddwn i'n meddwl mynd ddydd Gwenar.

141

'Cynta byd gorau byd' medda'r hen air yntê, Tom?"

"Trên, Padi?"

"Ia."

"Yli, os nad wyt ti'n meindio, mi ddo i hefo chdi os ca i . . . dwi ddim wedi bod ers tro, ac mi fydd yn siawns i Martha 'ma godi'i phen. Mae'r busnas 'ma wedi'i hypsetio hi'n lân 'sti. Mi fedran aros noson siawns?"

"Mi fydd rhaid i mi aros. Mi fedra i bwcio yr Adelphi . . ."

"Iawn – mi fydd Martha wrth ei bodd."

"Tom . . ."

Doedd Padi ddim yn siŵr iawn sut y byddai'r saer yn ymateb i'w ddatganiad nesa.

"Rydw i wedi penderfynu mynd i weld Winstone rŵan. Trio ffendio allan gynno fo be'n union mae o'n g'neud, a faint mae o'n gwbod . . ."

" 'Toes yna ddim pwrpas, Padi. Dyn drwg ydi Winstone."

". . . bydd rhaid i fi sôn wrtho fo hefyd am Tracey . . ."

"Matar i ti ydi hynna, ond dyn drwg ydi o, Padi."

"Dach chi wedi anghofio, Tom, ddeudoch chi wrtha i rhyw dro, 'toes yna neb yn ddrwg i gyd . . ."

Chwarddodd Tom.

" 'Ti'n iawn, Padi! Ond wsti be, dwi wedi mynd i gredu yn ddiweddar fod yna eithriada!"

* * *

Cymerodd Padi anadl ddofn cyn cnocio ar ddrws Rhif Tri. Roedd o'n gwybod fod Winstone gartref, roedd o wedi aros nes gwelodd o'r car yn cyrraedd.

Roedd wedyn wedi aros ddeng munud arall cyn cnocio ar y drws. Doedd ganddo ddim syniad beth roedd o'n mynd i'w ddweud na sut yr oedd o'n mynd i'w ddweud o, ond roedd o'n teimlo ym mêr ei esgyrn fod rhaid iddo siarad wyneb yn wyneb â Winstone ynglŷn â'i berthynas â Tracey, ac ynglŷn â'r datblygiad newydd.

Winstone atebodd ei gnoc, a phan welodd yr olwg ar ei wyneb, bu bron i Padi droi'n ei ôl i Rif Dau. Ond wedi cyfarch ei gymydog, gofynnodd iddo,

"Gawn ni siarad?"

"Tyrd i mewn," swta iawn gafodd yn atebiad.

Arweiniodd Winstone ef i'r parlwr ffrynt. Roedd papurau wedi'u gwasgaru yma ac acw ar y bwrdd mawr a'r ddesg – roedd hi'n amlwg fod Winstone yn gweithio. Estynnodd ei fys a phwyntio at un o'r cadeiriau.

" 'Stedda." Tawel oedd hynny hefyd.

"Mr Mason . . . ma' Tracey yn aros hefo fi."

Doedd o ddim yn swnio'n iawn, ond mi roedd o'n gychwyn i sgwrs. Roedd Padi'n disgwyl i'r dyn ffrwydro, ond ymateb annisgwyl a gafodd.

"Y fi sydd wedi'i gyrru hi o'ma."

Sylweddolodd Padi fod Winstone dan ddylanwad diod. Doedd hi ddim yn amlwg ar y dechrau, ond rŵan roedd ei leferydd yn aneglur, roedd o'n cym-ryd ei wynt yn afreolaidd, ac roedd golwg bell yn ei lygaid.

"Ydi Mrs Mason yma?"

Pwyntiodd Winstone i'r llofft.

"Waeth i ti heb, Padi, mae 'di mynd i'r pot yn lân! Mae diwedd y byd wedi cyrraedd Rhif Tri . . . ddylwn i ddim fod wedi taro Tracey . . ."

143

Roedd Padi wedi meddwl efallai y buasai'n syniad i Harriett Mason fod yno tra oedden nhw'n siarad, ond o weld cyflwr Winstone a'r ffaith ei fod ar y funud yn fwy o oen nag o lew, efallai mai un i un oedd orau.

"Rydw i wedi deud wrth Tracey ceith hi aros hefo fi am 'chydig . . ."

"Plentyn ydi hi, Padi . . ."

"Mae hi'n wraig ifanc, Winstone! Mae hi wedi peidio â bod yn plentyn ers blynyddoedd . . . mae hi bron yn ddeunaw oed!"

Doedd gan Winstone ddim ateb i hynna. Roedd o isho gofyn i Padi pam fod ei ferch yn ei gasáu cymaint.

"Gym'ri di whisgi?"

"Dim diolch."

"Mae o'n Jamesons?"

"Un 'te!"

Tywalltodd Winstone ddiod i ddau wydryn.

"Tydi hi ddim yn fy lecio i 'sti."

"Dydi hynna ddim yn wir, Winstone . . . ddim yn lecio be dach chi'n 'neud mae hi, ddim yn lecio'r hyn rydach chi'n sefyll drosto . . . mae hi'n nodweddiadol o bobl ifanc yn gyffredinol . . . rebelio, cicio dros y tresi . . ."

"Dwi'n g'neud 'y ngora dros y lle 'ma . . . a dyna'r diolch dwi'n 'gael!"

"Rhaid i chi ddeud nad ydi cynllun y stiwdio newydd yma yn gwbwl *above board* yn' nac ydi?"

Sythodd Winstone.

"Pa stiwdio? Be 'ti'n 'feddwl *above board*?"

"Dach chi ddim yn meddwl eich bod chi'n cael eich iwshio? Bod pobol ddrwg yn 'iwshio chi,

Winstone?"

"Hanner cant o jobsys, Padi . . . dyna sy'n mynd i ddŵad i Grychlyn . . . hannar cant o jobsys â gafael ynddyn nhw, a wyddost ti i bwy mae'r diolch am hynny? Y? I'r Cynghorydd Winstone Mason . . . a rhyw ddiwrnod mi fyddwch chi i gyd yn dallt cym'int dwi wedi 'roi i fewn i hyn."

"Ond mi rydach chi'n chwalu'r tai yma . . . chwalu cymdeithas . . . chwalu teulu . . . dach chi'n chwalu teulu chi . . . ydi hynna'n werth o?"

" 'Ti ddim yn dallt, Padi. Mae yna bobol sydd wedi gweld cyfle . . ."

"Pobol ddrwg ydyn nhw, Winstone."

"Naci!"

" 'Rhoswch chi tan dydd Sadwrn, na' i profi i chi."

"Be sydd dydd Sadwrn felly?"

"Dwi'n mynd i Lerpwl hefo Tom a Martha Ellis dydd Gwener . . . ac mi rydan ni'n bwriadu aros yno dros nos, dwi'n gobeithio cael gwybodaeth yn fan'no . . . do i yma i'ch gweld chi nos Sadwrn."

Glynodd hynny yng nghof Winstone. Roedd y whisgi wedi pylu rhywfaint ar ei feddwl, ond rywle yn ei isymwybod roedd o am gofio hynna. Roedd hynna yn bwysig. Roedd Padi a Tom Bach Saer yn Lerpwl nos Wener.

Cododd Padi i adael. Diolchodd am y whisgi.

"Peidiwch poeni am Tracey . . . a deudwch hynny wrth Mrs Mason hefyd; mi ddaw hi draw pan fydd hi'n barod."

Wedi iddo adael, aeth Winstone yn ôl i'r parlwr ffrynt. Tywalltodd ddiod arall iddo'i hun. Estynnodd ddalen o bapur a phensel. Be oedd o isho'i gofio hefyd? Roedd yna rywbeth pwysig roedd o isho'i ysgrifennu i lawr. Rhywbeth yr oedd o fod i'w gofio. O ie! Tom Bach Saer a Padi yn mynd i Lerpwl nos Wener.

Gwnaeth fân nodiadau. Roedd cynllun yn ffurfio'n ei ben, ond nid heno oedd yr amser i'w weithredu. Roedd ganddo ddiwrnod caled o waith trefnu yfory. Sgriblodd ddau air arall ar ddarn o bapur cyn clwydo, rhywbeth i'w atgoffa'i hun yn y bore. Y ddau air oedd 'Cyfarfod Cyhoeddus'.

* * *

Lledaenodd y newyddion am y cyfarfod cyhoeddus fel tân gwyllt drwy'r pentre. Roedd y Cynghorydd Winstone Mason yn galw cyfarfod i wyntyllu'r cynllun arfaethedig yng Nghrychlyn Uchaf, ac roedd wedi gwahodd Sam Elliott, Prif Weithredwr y Cyngor Dosbarth, i gadeirio'r cyfarfod, a hefyd Mr Harri Nantlle-Roberts a Mr Roderick Jones ar ran y datblygwyr. Yn hwyr brynhawn dydd Iau, dosbarthwyd taflenni i bob cartref yn y pentre, gosodwyd hysbysebion yn ffenestri'r siopau ac yn y papur lleol. Roedd y cyfarfod i ddigwydd drannoeth, am saith yn Neuadd y Pentre.

Daeth y datblygiad yn destun siarad pob sgwrs – a toedd yna ddim tir canol, roedd y trigolion naill ai o'i blaid neu yn ei erbyn, ac yn ffyrnig felly.

Roedd y gwrthwynebwyr yn flin am fod cyn lleied o rybudd wedi'i roi ynglŷn â chynnal y cyfarfod; roedd y rhai o blaid yn gweld cyfle i gael gwaith go iawn.

Yn ystod nos Iau a dydd Gwener bu teleffonau yn canu'n ddi-baid mewn sawl cartref yn annog presenoldeb. Hysbyswyd y wasg leol a'r wasg genedlaethol. Roedd tîm teledu Newyddion Cymru yn dod, roedd cynrychiolwyr o'r Mudiadau Iaith yn dod. Roedd hi'n argoeli am noson i'w chofio.

Dau na fyddai yno, fodd bynnag, oedd Padi a Tom Bach Saer. Roedd Tom wedi ceisio darbwyllo Padi i ohirio'r daith i Lerpwl, ond roedd Padi'n benderfynol.

"Dim ots gin Martha a finna 'sti. Mi fedrwn ni fynd ryw dro eto."

"Siop siarad fydd y cyfarfod, Tom. Mi fydd Winstone a'i ffrindia yn stîm-rolio pawb fydd yn erbyn. Mae yna ffordd haws, a gwell, o'u stopio nhw."

* * *

"Mr Pugh! Dowch i mewn."

Roedd golwg o syndod ar wyneb Alun Williams pan welodd y Prif Arolygydd ar riniog Y Foel. Roedd y plisman yntau fel pe bai'n synhwyro rhywbeth.

"Tydw i ddim yn galw ar amser anghyfleus?"

"Nac ydach . . . ddim o gwbl . . . jyst ddim yn disgwyl eich gweld chi dyna'r cyfan. Oes gynnoch chi newydd?"

"Tydw i ddim yn hollol siŵr, mi rydan ni'n ar-chwilio nifer o bosibiliadau ond does yna ddim byd pendant wedi dod i'r fei eto."

"Maddeuwch i mi'n gofyn 'ta, ond pam ydach chi yma felly?"

"Clywad ddaru mi eich bod chi wedi gwerthu Coed Crychlyn?"

"Do . . . fwy neu lai."

"Ga i ofyn i bwy?"

Yn sydyn synhwyrodd Alun fod yna bwrpas penodol i'r holi. Os oedd Pugh isho gwybod pwy oedd ei ddarpar brynwr, gallasai yn hawdd fod wedi codi'r ffôn i ofyn hynny.

"Dwi ddim yn siŵr pa drywydd ydach chi'n ei ddilyn, Mr Pugh?"

"Rydw i'n gorfod dilyn pob trywydd, Mr Williams . . ."

"Ond wela i ddim be sydd a wnelo gwerthu'r coed â marwolaeth 'Nhad?"

"I'r gwrthwyneb, Mr Williams . . . rhowch eich hun yn fy sgidia i. Mi ddeudsoch chi wrtha i eich hun fod eich tad wedi cael cynnig gwerthu Coed Crychlyn. Mi ddeudsoch chi ymhellach eich bod chi eich dau wedi trin a thrafod y mater a'ch bod chi o blaid a'ch tad yn erbyn, a'i fod o wedi sgwennu at y bobol yma'n gwrthod eu cynnig. Rŵan dyma chi, cwta fis wedi marw'ch tad yn gwerthu'r coed! Be dwi fod i'w wneud o hynna?"

Edrychodd Alun arno mewn anghrediniaeth. Roedd y boi yma a eisteddai gyferbyn ag o yn awgrymu fod a wnelo fo, Alun, â marwolaeth ei dad, a hynny am bres Coed Crychlyn!

"Tydach chi 'rioed yn awgrymu . . ."

"Dwi'n awgrymu dim, Mr Williams! Fy ngwaith i ydi casglu ffeithia, ac ar sail y ffeithia rheini mi gawn ni bictiwr clir gobeithio o beth sydd wedi digwydd."

"Mae Coed Crychlyn wedi'i werthu i ryw foi o Sweden. Mae o wedi talu dwywaith be gynigiodd o i 'Nhad . . . mae'r manylion gin y twrneiod yn dre,

Ap Tomos, mi gewch chi ddeud 'mod i wedi deud fod pob dim yn iawn os dach chi isho tshecio hefo nhw."

"Mi gawsoch chi ddwywaith be gynigiwyd i'ch tad?"

"Mi ddoth yna gynnig i'r cyfreithwyr y diwrnod y claddwyd 'Nhad . . . roedd o'n gythral o gynnig da, mi faswn i'n wirion bost i'w wrthod o . . ."

"Er eich bod chi'n gwybod fod eich tad yn erbyn gwerthu?"

"Drychwch, Mr Pugh, y fi sy'n ffarmio'r Foel yma rŵan . . . rhaid i mi wneud y penderfyniadau. Duw ŵyr, mi roedd hi'n ddigon main arnon ni pan oedd dau ohonan ni wrthi, ac mi fedar fynd yn waeth 'n enwedig os bydd yna diwtis i'w talu. Felly roedd rhaid i mi wneud penderfyniad. A 'mhenderfyniad i oedd gwerthu."

"Oes gynnoch chi foto-beic?"

"Oes . . . ond be sydd a wnelo hynny . . . ?"

"Oes gynnoch chi wrthwynebiad i mi ei weld o?"

"Bobol annwyl nac oes, pam y dylai fod gen i?"

Doedd Pugh ddim yn ei ddeall. Os oedd ganddo rywbeth i'w guddio, roedd o'n ymddangos yn rhy siŵr ohono'i hun. Am y tro cynta, teimlai Pugh iddo fod yn rhy galed ar y bachgen, ac nad oedd a wnelo fo ddim oll â marwolaeth ei dad wedi'r cwbwl, ond wedyn, efallai mai dyn clyfar iawn oedd o, ac mai dyna'r argraff roedd o'n ceisio'i chyfleu. Dychwelodd i'w swyddfa mewn mwy o benbleth byth.

* * *

Roedd yna awyrgylch ddisgwylgar yn llenwi'r

neuadd. Doedd yr hen bobol ddim yn cofio'r lle mor llawn ers dyddia lecsiwn '59 a '64, a chonsart Tony ac Aloma a Hogia'r Wyddfa yn niwedd y chwedegau. Roedd pob sedd wedi'i chymryd, a Robin Mwstash yn bwysig i gyd yn gweiddi "Gangwê!" wrth gludo 'chwaneg o gadeiriau a meinciau o'r cytiau cefn. Roedd y cadeiriau hynny yn cael eu cymryd yn syth, a Robin yn llawn chwys a phwysigrwydd yn 'morol am 'chwaneg.

Edrych yn nerfus braidd ar y gynulleidfa wnâi Winstone. Doedd o erioed o'r blaen wedi annerch cymaint o bobol, ond yr hyn a'i cynhyrfai oedd gwybod fod ugain os nad mwy o'r llafnau blêr na fynnai eistedd yno i wrthdystio. Edrychodd ar ei wats am y degfed tro. Pum munud i fynd.

Aeth cyffro drwy'r neuadd, a chwyddodd y mân siarad pan gerddodd Sam Elliott a Roderick Jones i'r neuadd. Ychydig lathenni y tu ôl iddyn nhw, cerddai Harri Nantlle-Roberts. Cerddodd y tri at y llwyfan a dringo'r grisiau cyn cymryd eu lle wrth y bwrdd.

Ysgydwodd Winstone law pob un yn ei dro, cyn eistedd drachefn.

Aeth rhai munudau heibio cyn i Sam Elliott wyro ato a sibrwd yn ei glust ei bod hi'n bryd dechrau'r cyfarfod. Cododd Winstone ar ei draed. Pesychodd a gwenodd yn nerfus.

"Gyfeillion!" gwaeddodd.

Distawodd y siarad.

"Gyfeillion. Fel y gwyddoch chi, mi rydw i wedi galw y cyfarfod yma i egluro'n fanwl . . . ac i gael gwybod eich barn chi, bobol Crychlyn, am y datblygiadau . . . y datblygiadau allai gymryd lle yma.

Rŵan, fy nhasg i ar hyn o bryd ydi cyflwyno'r bobol yma welwch chi o'ch blaenau heno . . . mi ga i gyfle i siarad, ac egluro mwy yn nes ymlaen . . . ac, mae'n siŵr, cyfle hefyd i ateb unrhyw gwestiwn . . . Yn gynta ar y dde i mi, rydach chi'n gyfarwydd â Mr Sam Elliott, Prif Weithredwr y Cyngor Dosbarth, ac un sydd yn ystod yr amser y buodd o yn ei swydd wedi gwneud llawer i ddenu gwaith a chwmnïau o bwys i sefydlu yn yr ardal . . . y fo fydd yn cadeirio'r cwarfod. Ar y chwith i mi mae yna ddau ŵr sydd yn uchal iawn yn y byd teledu Cymraeg. Y ddau ohonyn nhw hefo cwmnïau eu hunain yn y Sowth, ond hefyd yn teimlo'r angen i ehangu, ac yn gweld posibiliada yn yr ardal yma. 'Gosa i mi fa'ma ydi Mr Roderick Jones, ac wrth ei ymyl o, Mr Harri Nantlle-Roberts sydd, wrth gwrs, yn hanu o'r dyffryn 'gosa atan ni yma . . . ac felly, os ca i ddeud, bron iawn wedi dod adra yntê."

Gwenodd y ddau yn eu tro ar y Cynghorydd.

"Ond rŵan, fy mhlesar i ydi cael galw ar Mr Sam Elliott i gadeirio a llywio'r cyfarfod."

Dechreuodd rhai gymeradwyo, ond cymeradwyaeth o barch oedd hi: ledodd hi ddim drwy'r neuadd. Cododd Sam Elliott ar ei draed a chliriodd ei wddf.

"Ga i ddeud i ddechra . . . mai yma i egluro, yma i drafod ac yma i wrando yr ydan ni. Mae yna betha gwirion iawn wedi cael eu deud yn yr *Herald* yn ystod yr wythnosa dweutha 'ma . . . "

". . . a chdi 'deudodd nhw!"

Troes pob llygad at y llais, a chwarddodd amryw. Roedd Phillip Marc, cadeirydd a lladmerydd y Mudiad Iaith ar ei draed. Anwybyddodd alwad y

Cadeirydd i dawelu.

"Sut mae gynnoch chi'r wynab i sefyll yn fan'na, a chitha hefo'r bwriad i ladd rhan o gymuned Gymraeg, wn i ddim. Mi ddylsa dyn o'ch safle chi ymladd tros eich pobol nid yn eu herbyn nhw!"

Dyma'r arwydd yr oedd cefnogwyr Marc yn ei ddisgwyl. Torrodd bonllef o gymeradwyaeth o bob rhan o'r neuadd. Cododd Elliott ei ddwy law a gwnaeth ystum ar y gynulleidfa i dawelu. Roedd o'n corddi, ond rheolodd ei hun.

"Gyfeillion . . . mi rydw i'n llawn sylweddoli beth ydi dadl Mr Marc a'r Mudiad Iaith, ond ga i ymbilio ar *bawb* sydd yma heno, i drin a thrafod y mater yma mewn ffordd resymol a phwyllog . . . Awn ni i unman wrth weiddi . . ."

"Rydach chi a'ch giang *wedi* penderfynu! Does gan bobol Crychlyn ddim dewis!"

Cafodd gymeradwyaeth eto.

" 'Toes yna ddim byd wedi'i benderfynu! Mater i'r Pwyllgor Cynllunio fydd o i ddechrau, yna mater i'r Cyngor llawn."

Dechreuodd amryw ei wawdio. Teimlai Sam Elliott y cyfarfod yn mynd o'i afael. Clywodd rywun yn ei bwnio o'r cefn a throdd i weld Harri Nantlle-Roberts yn amneidio arno i wyro'i ben ato. Sibryd-odd rywbeth yn ei glust, ac ymhen ychydig eiliadau ceisiodd gael y cyfarfod yn ôl i drefn.

"Gyfeillion!" gwaeddodd, "Ga i alw ar Harri Nantlle-Roberts!"

Cododd Harri ar ei draed. Estynnodd ychydig bapurau o'r bwndel oedd o'i flaen. Aeth i'w boced frest ac estyn ei sbectol. Cerddodd i flaen y llwyfan ac arhosodd i'r sŵn dewi. Edrychodd dros ei sbectol ar y gynulleidfa, a'i lygaid fel pe baent yn ymbilio am dawelwch. Doedd o ddim wedi disgwyl cyfarfod fel hwn o gwbl. Gwaith Winstone ac Elliott oedd osgoi hyn. Yn raddol tawelodd y neuadd.

"Mr Marc! Ddowch chi ymlaen yma os gwelwch yn dda?"

"Wnewch chi na neb arall fyth fy argyhoeddi i fod y cynllun yma o fudd i'r ardal."

"Dowch ymlaen yma, Mr Marc, a gofynnwch eich cwestiwn i mi, yna mi ofynna innau gwestiwn i chitha . . . ydi hynny ddim yn deg?"

"Tydw i ddim yn mynd i fod yn rhan mewn unrhyw sioe . . ."

"Oes gynnoch chi ofn ateb cwestiwn syml?"

Teimlai Phillip ei hun yn cael ei yrru i gornel. Doedd o ddim eisiau ymateb fel hyn. Roedd o a'i ffrindiau wedi penderfynu mai trwy gynnwrf y deuai'r cyfarfod i ben. Ac eto byddai'n ymddangos fel gwendid ar ei ran os na byddai'n fodlon wynebu cwestiynau Harri Nantlle-Roberts. Ynghanol cymeradwyaeth ei gefnogwyr cododd ar ei draed ac aeth i ben blaen y neuadd. Amneidiodd Harri arno i ymuno ag ef ar y llwyfan, a phan gyrhaeddodd y llwyfan ysgydwodd ei law yn gynnes.

"Gyfeillion, does gennym ni fel cwmni teledu ddim oll i'w guddio ac efallai, gan fod Mr Marc â'i fryd ar siarad, y byddai o mor garedig â gofyn cwestiynau i mi, neu unrhyw un arall sydd ar y llwyfan, ac mi gaiff yntau, yn ei dro, ateb ambell gwestiwn gen innau . . . ydi hynny'n deg?"

Cododd murmur o gymeradwyaeth eiriol, yna dechreuodd amryw guro'u dwylo. Teimlai Harri Nantlle-Roberts dipyn bach yn well. Rŵan, yr unig beth ar ôl oedd malu dadleuon Marc.

"Be ydi'ch cwestiwn cynta chi?"

Oedodd Philip Marc. Roedd o'n ymwybodol fod Harri Nantlle-Roberts yn chwarae ag o. Mi fyddai rhaid iddo yntau fod yn wyliadwrus.

"Wnewch chi egluro yn fanwl i'r cyfarfod beth sydd yn mynd i ddigwydd i drigolion Crychlyn Uchaf?"

Cafodd gymeradwyaeth fyddarol. Arhosodd Harri Nantlle-Roberts am ennyd i'r sŵn ddistewi, a gwenodd.

"Mae'r cwmni sy'n datblygu'r safle eisoes wedi sicrhau pryniant tri o'r tai, ac yn gobeithio prynu'r pedwerydd o fewn ychydig wythnosau. Hyd y gwn i, y mae pawb ar wahân i un teulu, eisoes yn gwneud trefniadau i symud i gartrefi newydd, a does gen i ddim amheuaeth o gwbl na fydd eich Cynghorydd lleol chi yn gadarn tu ôl i ymdrech y pedwerydd i ffendio cartref addas."

Cododd murmur o blith y gynulleidfa. Roedd hyn yn newydd i'r rhan fwya ohonyn nhw. O ddarllen rhwng y llinellau felly, roedd Winstone a'i deulu, a Padi yn gadael. Roedd Magi wedi bodloni gwerthu, ac roedd ymdrech yn cael ei wneud i ffendio cartref i Tom a Martha. Roedd Harri Nantlle-Roberts yn synhwyro buddugoliaeth.

"Ga i ofyn cwestiwn i chi rŵan?"

Cyn iddo gael cyfle i wrthod, roedd bys cyhudd-gar Harri Nantlle-Roberts yn pwyntio ato.

"Ydych chi yn byw yng Nghrychlyn? Mi ateba i ar eich rhan chi! Nac dach! Rydach chi'n byw ddeugain milltir oddi yma!"

Eifion Crîm Cêcs waeddodd "Clywch clywch!"

"Wnewch chi ateb yn syml, beth sydd ganddoch chi yn erbyn i bobol Crychlyn gael hanner cant o swyddi newydd yma . . . swyddi go iawn?"

"Tydw i ddim yn meddwl fod a wnelo lle dwi'n byw ddim oll â'r ddadl yma. Pobol sy'n cyfri . . ."

"Ond mae'r bobol yn iawn!"

"Rydach chi'n chwalu cymuned yn ddianghenraid . . ."

"Chi sydd yn gwrthod i'r gymuned yna yr hawl i fyw! Tydi chwalu pedwar tŷ ddim yn mynd i ladd cymuned!"

Roedd Philip yn synhwyro ei fod yn colli'r ddadl. Roedd Isaac yr *Herald* yn sgwennu fel fflamia. Doedd dim amdani.

"Rydw i'n dod yn ôl at y ffaith eich bod chi'n dinistrio cymuned. Dydw i ddim yn derbyn eich dadl chi fod y bobol eisiau symud. Tydach chi'n rhoi dim dewis iddyn nhw."

Cyfle'i gefnogwyr o oedd cymeradwyo rŵan.

"Bwlis ydych chi! Rydych chi'n bwlio pobol o'u cartrefi am eich bod chi'n bobol farus."

Roedd cymaint o weiddi a churo dwylo yn y neuadd erbyn hyn, roedd o'n gorfod gweiddi, a dechreuodd fynd ar gefn ei geffyl.

"Efallai 'mod i yn byw ddeugain milltir o Grychlyn, ond y cwestiwn ydi, nid pam fy mod i yn fodlon teithio deugain milltir yma heno ond pam ydach chi'ch dau yn fodlon teithio dau gant o filltiroedd?"

Aeth pobman yn ferw gwyllt. Roedd pobol ar eu traed yn curo'u dwylo, yn gweiddi a stampio'u traed. Uwchlaw'r sŵn i gyd gwaeddodd Phillip.

"Rydw i'n cynnig fod pawb sy'n gwrthwynebu'r

155

bobol beryg yma yn gadael mewn protest!"

O un i un symudodd rhai at y drysau. Roedd rhai yn ansicr beth i'w wneud. Cerddodd Phillip Marc yn syth allan drwy gefn y neuadd i gymeradwyaeth fyddarol, a dilynwyd ef gan bedwar ugain arall.

Cynhaliwyd pwyllgor brys ar y llwyfan. Pan oedd y neuadd wedi tawelu unwaith eto, cododd Sam Elliott.

"Dwi'n falch o weld fod yna fwy ar ôl nag sydd wedi mynd allan."

Eifion Crîm Cêcs gychwynnodd y gymeradwyaeth eto.

"Mi gawn ni rŵan, o bosib, siawns i drafod y mater yn llawn . . . ac mewn awyrgylch mwy cydnaws â'r hyn yr ydan ni wedi arfer . . . Rŵan, y pwynt pwysica dwi'n meddwl, ydi yr hyn ddywedwyd am y trigolion y mae hyn yn effeithio arnyn nhw. Rŵan, fe ddeudodd Mr Roberts yma beth oedd sefyllfa'r trigolion, ella y basa gair gan y Cynghorydd Winstone Mason ar y matar yma yn lleddfu eich ofnau chi. Mr Mason?"

Camodd Winstone i flaen y llwyfan.

"Ffrindia . . . mi rydw i yn teimlo 'mod i rywsut yn y canol yn y mater yma, a hynny oherwydd 'mod i yn berchen ar . . . ar rai o'r tai sydd fod i gael eu dymchwel. Wel, mi alla i ddeud a chadarnhau yr hyn ddeudodd Mr Roberts . . . fedra i ddim gweld gwrthwynebiad gan unrhyw un o bobol y tai 'cw ac, oherwydd hynny a hynny'n bennaf, dwi wedi penderfynu rhoi fy nghefnogaeth lwyr i'r fentar yma."

* * *

Doedd Magi ddim wedi symud nemor ddim ers i'r plisman o'r dre a Tom Bach Saer ddod i dorri'r newydd iddi, ac roedd yna ddyddiau wedi pasio ers hynny.

Eisteddai yn ei chadair galed pan ddaethant i'r tŷ, a'i dwylo ynghyd yn troi a throi hen hances boced wen, fudur rownd a rownd, ac yno yn yr un gadair a chyda'r un hances yr oedd hi rŵan. Doedd hi ddim wedi ymolchi na newid ychwaith ac, oni bai am Nyrs Ifans a alwai unwaith y dydd, fyddai hi ddim wedi bwyta nac yfed dim ychwaith.

Roedd hi'n eistedd yn ei chadair galed yn rhythu o'i blaen. Ar brydiau, ochneidiai a chodai ei llaw a'r hances at ei boch. Yna'n araf tynnai ei llaw i lawr gan gyffwrdd ei boch. Caeai ei llygaid, a rhwbiai ei boch. Yna, byddai'n dechrau siglo. Gwyrai ei chorff ymlaen. Caeai ei llygaid yn dynnach. 'Nôl a 'mlaen y siglai i rythm rhyw dôn anghlywadwy. Yna, oedai. Sgyrnygai ei dannedd ac ar brydiau deuai sŵn o'i genau.

"Naa   aa . . . ach . . . ch . . . ch . . . Robat   John! . . . Naa . . . aa . . . ach . . . ch . . . ch."

* * *

Ynghanol cymeradwyaeth eisteddodd Winstone i lawr. Daeth gwên i wynebau'r teledwyr. Ymdawelodd y gynulleidfa a chododd Sam Elliot ar ei draed. Roedd y ffordd yn glir bellach i Rod amlinellu'r cynllun ond, cyn iddo agor ei geg i siarad, rhwygwyd y tawelwch gan sgrech o'r cefn.

"Celwydd!"

Trodd pob llygad i gyfeiriad y llais. Dychrynodd

Winstone drwyddo pan welodd Tracey yn codi ar ei thraed. Roedd hi'n amlwg wedi cynhyrfu drwyddi. Gwyrodd Sam Elliott nes roedd o fewn modfeddi i wyneb Winstone.

"Pwy ddiawl ydi hon, Winstone?" hysiodd.

Ochneidiodd Winstone. Be ar wyneb y ddaear oedd wedi meddiannu'i ferch? Doedd bosib ei bod hi yn mynd i siarad yn ei erbyn? Ei ferch o'i hun? Roedd rhai o'r gynulleidfa yn gwenu, eraill yn dechrau chwerthin. Lledodd siarad uchel drwy'r neuadd.

"Pwy ddiawl ydi hi?" gofynnodd Elliott drachefn.

"Tracey. Y ferch 'cw."

"Pam na wnewch chi ofyn i Padi os ydi o isho symud? Pam na wnewch chi ofyn i Tom Saer a Martha Ellis os ydyn nhw isho symud? Tydyn nhw ddim! Mi rydach chi i gyd yn cael eich twyllo!"

"Tracey!"

Roedd Winstone ar ei draed.

"Petaen nhw yma, mi fasan nhw yn ddigon siŵr yn fodlon deud eu deud, ond tydyn nhw ddim yma . . ."

"A sgwn i pam nad ydyn nhw yma? Rydach chi wedi galw'r cyfarfod yma ar fyr rybudd. Roeddach chi'n gwbod y byddai Tom Ellis a Padi i ffwrdd yn Lerpwl, dyna pam na chafodd y pentra ond diwrnod o rybudd."

"Tracey!"

Ond disgynnodd ymbil y tad ar glustiau byddar. Roedd Tracey wedi troi ar ei sawdl a diflannu trwy'r drws. Unwaith eto, ceisiodd Sam Elliott achub y sefyllfa.

* * *

Uwchben ei swper yn yr Adelphi yn Lerpwl yr oedd Padi yn troi digwyddiadau'r dyddiau diwetha rownd a rownd yn ei feddwl. Pan welodd y ddalen bapur roddodd Tracey iddo, roedd wedi sylwi ar y côd oedd ar frig y ddalen. Côd rhaglenni compiwtar adrannau diogelwch y llywodraeth oedd o. Roedd o'n sicr o hynny. Ond pam ar wyneb y ddaear yr oedd dogfen felly ym meddiant Winstone Mason?

Roedd o hefyd wedi gweld a darllen copi o gynllun busnes Gwinllan Cyf. ac wedi nodi enwau'r cyfarwyddwyr a'r cyfranddalwyr. Felly hefyd Cwmni A55, ac roedd o'n methu deall pam fod criw o Gymry lleol yn dymuno cael gŵr o Sweden fel cyfarwyddwr a chyfranddaliwr. Edrychodd eto ar yr enw – Heinrich Svenson.

Doedd o ddim wedi hysbysu Proffesor Stanley o bwrpas ei ymweliad. Wyddai o ddim a fyddai'r Athro yn fodlon ystyried ei gais, ond teimlai mai wyneb yn wyneb y dylai ofyn, ac nid ar y ffôn neu drwy lythyr. Dyna pam, wedi trefnu i gyfarfod â Stanley, y penderfynodd ddod i Lerpwl.

Edrychodd eto ar y wybodaeth roedd o wedi ei chopïo oddi ar y darn papur, a hedodd ei feddwl yn ôl i'r cyfnod hwnnw dair . . . nage, bedair blynedd yn ôl pan oedd o'n gweithio ar raglen BUBS.

Caeodd ei lygaid, a cheisiodd gofio trefn y rhaglen yn ei feddwl. Rhaglen bâs-ddata ydoedd wedi ei chysylltu'n uniongyrchol â Chompiwtar Canolog yr Heddlu, y Fyddin a'r Lluoedd Diogelwch, a Chompiwtar Canolog Interpol, ond os cofiai yn iawn, dim ond drwy'r rhaglen hon y gellid crynhoi gwybodaeth pob ffynhonnell at ei gilydd.

Caeodd ei lygaid, ac yn ei feddwl datgymalodd y rhaglen elfen wrth elfen. Roedd mynd heibio'r cod-au sylfaenol yn hawdd, torri trwy'r codau cyfnewidiol fyddai'r broblem. A'i obaith oedd cael cymorth Stanley. Roedd o'n argyhoeddedig fod ateb i lofruddiaeth Dic y Foel ger Coed Crychlyn, a chynlluniau Stiwdio A55, yng nghrombil BUBS – dim ond gobeithio bod honno'n dal ym mol compiwtar Stanley.

*   *   *

Roedd y cyfarfod drosodd, a'r neuadd wedi gwagio'n gyflym. Wedi i Tracey siarad a cherdded allan, dilynwyd hi gan nifer fawr o'r pentrefwyr. Dyrnaid yn unig arhosodd tan y diwedd. Roedd Harri'n berwi.

"Go damia, Winstone! Eich gwaith chi oedd tawelu pethau yma, ac yn lle hynny mae'n debyg y bydd gynnon ni reiat ar ein dwylo!"

"Fedra i ddim ond gwneud beth sydd o fewn fy ngallu i. Os ydi Tom Bach Saer yn deud nad ydi o ar fwriad symud nes bydd o'n riteirio, ac os ydi Magi Sent yn debygol o wrthod fy nghynnig, be arall fedra i ei wneud?"

"Mi rydach chi wedi rhoi rhybudd i'r Tom Ellis yma?"

"Do, mae o wedi cael chwe mis, ond mae o'n denant ers blynyddoedd . . . mi fydd gynno fonta'i hawliau, ac yn sicr, tydw i ddim yn gweld fy hun yn enfforsio unrhyw symudiad i'w droi o o'i gartref."

Gwyddai Harri nad oedd pwrpas gwthio'r pwynt

ymhellach. Roedd o'n cofio hefyd nad oedd ganddo fawr o ffydd wedi bod yn Mason ychwaith. Roedd yna un ffordd arall o gael y maen i'r wal.

"Dach chi wedi cynnig tŷ arall iddo fo?"

"Sut medra i wneud hynny?"

"Wel, os ca i fod mor hy' a deud, mae Cwmni A55 wedi cynnig swm da o arian i chi am baratoi'r safle . . . fedrwch chi ddim cymryd rhywfaint ar eich sgwyddau eich hun . . . a'i roi o fel tenant mewn tŷ arall?"

"Mi rydw i wedi awgrymu i Mr Elliott y gallai Tom Ellis gael tŷ cyngor, ond y broblem ydi fod eisiau tŷ sydd yn hwylus i'w weithdy . . . mae'r tai cyngor 'gosa ddwy filltir i ffwrdd. Mi fedrwn ni aros nes bydd o'n riteirio . . . ond mi allai hynny fod yn rhai blynyddoedd."

"Dach chi'n gwbod yn iawn na fedrwn ni aros tan hynny . . . go damia ddyn, mae yna filiynau yn y crochan yn fa'ma! Fedrwn ni ddim . . ."

"Harri?"

Edrychodd Harri ar Rod. Gwyliodd hwnnw'n ysgwyd ei ben. Am eiliad, gallai Harri Nantlle-Roberts gicio'i hun. Roedd o wedi dechrau colli arno'i hun.

"Winstone," meddai'n dawelach, "mae'n rhaid i ni geisio datrys hyn o fewn y pythefnos nesa. Gwnewch chi be sy raid ei wneud . . . os ydi o'n golygu cost ychwanegol, mi geisiwn ni wynebu hynny."

"Rydw i wedi canfasio'r cynghorwyr yn drylwyr, fedra i ddim gweld y cais yn cael ei wrthod yn y Cyngor."

"Felly'r Tom Ellis yma ydi'r unig rwystr?"

Nodio'n unig wnaeth Winstone. Mwya'n y byd yr oedd o'n gwrando ar Harri Nantlle-Roberts, mwya'n y byd roedd o'n ei gasáu. Dyn didostur oedd o. Roedd hi'n ymddangos nad oedd neb na dim fod i'w rwystro fo rhag cael ei ffordd ei hun. Ni welai bwrpas iddo aros yno 'mhellach. Cododd Winstone i adael.

"Nos dawch," meddai'n swta. Gafaelodd yn ei het a'i gôt, ac aeth allan i'r nos.

Bu tawelwch rhwng Harri a Rod am rai munudau.

"Un blydi dyn. Un blydi saer. Fedrwn ni ddim gadael iddo fo'n rhwystro ni Rod."

"Sut mae 'i berswadio fo i symud? Prynu'i fusnas o? Codi gweithdy newydd iddo fo?"

Bu Harri'n dawel am ennyd eto. Cerddodd ias i lawr ei gefn. Am ryw reswm daeth enw Dic y Foel i'w feddwl. Dyn o gig a gwaed fyddai'n fyw heddiw oni bai am gynlluniau Svenson ac yntau. Fyddai rhywun yn cysylltu'r ddeubeth? Wrth gwrs, doedd a wnelo fo, Harri, ddim oll â'r llofruddiaeth ond fe wyddai mai'r memo a anfonodd i Svenson ynglŷn â'r trafferthion i brynu'r goedwig oedd dechrau'r diwedd i Dic y Foel.

A ddylai anfon memo eto at Svenson yn enwi Tom Ellis? Roedd y saer bach yn ddyn twp! Roedd y Cymry i gyd yn dwp. Doedden nhw ddim yn deall fod yn rhaid i Gymru ddatblygu a symud ymlaen os oedd i oroesi? Gallai'r datblygiad yma olygu chwistrellu efallai drigain miliwn o bunnau i'r economi lleol bob blwyddyn, ac mi roedd yna un dyn bach yn rhwystro'r cyfan. Un dyn bach ddim isho gadael ei gartref am fod ei gwt gwaith gerllaw.

"Be wnawn ni, Harri?"

Ochneidiodd Harri. Edrychodd ar Rod ac ysgydwodd ei ben.

"Gad o i mi, mi feddylia i am rywbeth."

* * *

Roedd y Prif Arolygydd yn ŵr bodlon. Roedd y darnau yn dechrau disgyn i'w lle, ac roedd o bellach yn credu fod a wnelo llofruddiaeth Richard Williams y Foel â gwerthu Coed Crychlyn. Mewn ymateb i'w gais am wybodaeth am y rhif o'r ciosg, roedd Interpol wedi ffacsio enw a chyfeiriad swyddfa cwmni teledu iddo yn Norrköping ger Stockholm ac, wedi ymgynhori â Bae Colwyn, roedd wedi cael caniatâd i gysylltu'n uniongyrchol â'r heddlu yno.

Doedd o ddim yn credu bellach fod a wnelo Alun y mab ddim â'r llofruddiaeth, ond roedd yn ddirgelwch iddo pam y byddai cwmni teledu o Sweden â'u bryd ar brynu coedwig fechan yng nghefn gwlad Cymru.

Roedd o a Hefin Prichard wedi cribinio'n fân drwy bob sgrap o dystiolaeth, ac wedi ceisio edrych o wahanol onglau ar bopeth oedd yn eu meddiant, a rŵan efallai, pan ddôi'r alwad o Sweden caent yr allwedd i'r cyfan. Cofiodd Pugh yn sydyn am y cyfarfod cyhoeddus ac aeth i'r swyddfa gyffredinol at Hefin Prichard.

"Oedd o'n gyfarfod stormus, Prichard?"

"Bron iddo fynd felly, syr. Roedd yna ugain neu fwy o'r Mudiad Iaith yno – Marc ei hun yn eu harwain nhw. Wyddoch chi, fedra i ddim dallt y criw yna."

"Pwy? Y Mudiad Iaith?"

"Rhai blynyddoedd yn ôl mi fuon nhw'n malu ac yn chwalu petha am eu bod nhw isho Sianel Gymraeg, be oedd eu slogan nhw 'Tai a Gwaith i gadw'r Iaith' a rŵan mae'r Sianel honno yn cynnig gwaith i hanner cant o bobol yn y cyffiniau yma, a maen nhw'n erbyn hynny hefyd!"

"O'wn ni'n dallt mai yn erbyn symud pobol o'u tai oeddan nhw, nid yn erbyn y gwaith."

"Fedrwch chi ddim sefyll yn ffordd cynnydd fel'na, syr, sbiwch helynt 'dan ni'n 'gael yma am fod yna gymaint o ddiweithdra? Rhowch chi waith i ddwsin da o lafnau ifanc y pentra 'ma . . ."

"A thra bydd pobol yn barod i rwystro cynnydd, mi fydd yna waith i chi a finna, Prichard."

"Dwi'm yn dallt pobol Crychlyn Uchaf na fuasan nhw'n cyfri'u bendithion, cymryd y pres ac yn symud i lawr i'r pentra."

Pan na chafodd ateb, edrychodd y cwnstabl i gyfeiriad y Prif Arolygydd Pugh. Roedd yna olwg bell yn ei lygaid.

Roedd syniad newydd daro'r Prif Arolygydd. Gŵr a wrthododd gymryd y pres am Goed Crychlyn oedd Richard Williams y Foel, ac roedd y coed yn ffinio â'r datblygiad newydd ar Stad Crychlyn. Doedd bosib fod yna gysylltiad rhwng y ddeubeth?

*　*　*

"Paddy!"

"*Professor* Stanley!"

Ysgydwodd y ddau ddwylo'n gynnes.

"Wyddwn i ddim dy fod ti'n dod i Lerpwl. Pam na fuaset ti wedi dweud yn gynt . . . ?"

"Ymweliad brysiog iawn mae gen i ofn . . . rydw i'n aros dros nos ond yn cychwyn adre am hanner dydd yfory."

"Mae'n neis dy weld ti, Padi. Dwed i mi, sut mae pethau'n mynd tua Bangor?"

"Iawn! Dwi wedi setlo i lawr, ac mae'r adran yn un dda . . . dim cystal â'ch adran chi yma wrth gwrs . . ."

"Seboni! Mae'n rhaid dy fod ti isho rhywbeth!"

Ac am gryn chwarter awr bu'r ddau yn mân siarad am yr hen amser, hynt y darlithwyr a chynfyfyrwyr. Roedd Hector Stanley, fodd bynnag, wedi synhwyro fod yna rywbeth ar feddwl Padi, a phan ofynnodd iddo'n blwmp ac yn blaen daeth Padi'n syth i'r pwynt.

"BUBS!" meddai.

"*Jesus!* Padi!"

"Ydych chi'n cofio'r rhaglen?"

"Yndw'n iawn. Fe ddaeth y *brief* o'r Swyddfa Gartref ac roeddan nhw'n sôn am gysylltu'r rhaglen â phrif gompiwtar yr Heddlu yn Hendon; roedd hi'n rhaglen bwerus iawn Padi, wel, mi fuest ti'n gweithio arni!"

"Pa fath o bobol fyddai'n gallu cael *access* iddi rŵan?"

Cododd Stanley ei ysgwyddau.

"Roeddan ni'n amau ar y pryd fod ganddi botensial rhyngwladol – os cofia i'n iawn roedd yna drigain terfynell ffôn iddi . . . dwyt ti ddim yn meddwl yn nhermau cymaint â hynna os nad wyt ti'n ei chysylltu â chompiwtars pwerus eraill . . . Interpol roeddwn i'n 'feddwl ar y pryd. Fuaswn i ddim yn meddwl y gallai neb ond rhyw hanner dwsin drwy Brydain gyfan gael *access* iddi . . . mi fasai rhaid i ti fod yn *hack* go dda! . . . ond be ydi dy ddiddordeb di ynddi hi?"

Yn frysiog amlinellodd Padi yr hyn oedd wedi digwydd. Roedd o'n ei weld yn beth rhyfedd iawn fod y gŵr a brynodd Goed Crychlyn hefyd yn dod yn bartner mewn busnes oedd yn ffinio â'r goedwig. Doedd dim sôn am y goedwig ar gynllun A55 ac eto roedd Padi'n argyhoeddedig mai oherwydd Coed Crychlyn y bu farw Dic y Foel. Os oedd ei amheuon yn iawn ynglŷn â Svenson, a bod yna wedd sinistr i farwolaeth Dic y Foel, mi fyddai enw Svenson yn sicr o fod ar gompiwtar Interpol.

"Wyt ti'n dallt be wyt ti'n 'ofyn?"

"Yndw! Rydw i'n gofyn i un o ddynion clyfra'r Deyrnas Unedig ddefnyddio technoleg ei gyflogwyr i hacio i mewn i gompiwtar Interpol!"

"Dwi ddim yn dallt pam na elli di ddim gwneud hynny dy hun? Mae Adran Gyfrifiadureg Bangor gyda'r blaenaf yn Ewrop."

"Gydag amser, gallwn, ond dim heb gracio elfennau sylfaen y codau cyfnewidiol . . . ac i wneud hynny rhaid i mi gael mynediad i gompiwtar o safon SALY 3, a dim ond yma gennych chi mae gen i siawns i wneud hynny!"

Ysgydwodd Stanley ei ben a gwenodd. Roedd o'n cofio'r Padi ifanc ddaethai ato i ddechrau fel myfyriwr. Y Gwyddel oedd mor ddisglair fel y'i defnyddid ganddo i ganfod gwendidau rhaglenni cyfrifiadurol systemau diogelwch rhai o gwmnïau mwya Ewrop.

Cofiodd am y llythyrau o gymeradwyaeth a

gafodd y Coleg gan *Ford, ICI, Cable and Wireless* a phrif gwmnïau eraill Prydain . . . y Prifathro a'r Darlithwyr yn cael y clod a Padi'n gwneud y gwaith caib a rhaw. Roedd o wedi gobeithio y buasai'r Padi ifanc yn aros dan ei adain wedi iddo raddio, ond penderfynu symud i berfeddion Cymru wnaeth Padi. Roedd gan Stanley amheuon am ei orffennol yng Ngogledd Iwerddon, ond doedd o erioed wedi sôn un dim am hynny wrth yr un adyn byw.

A rŵan, beth oedd o fod i'w wneud? Oedd o'n bradychu'i gyflogwyr? Roedd ei eiriau agoriadol yn bwyllog.

"Padi, gwranda'n ofalus arna i . . . o shit! tyrd yn dy flaen 'te, mi fedrwn ni fod yn y Coleg ymhen deng munud!"

Ddwy awr yn ddiweddarach roedd Padi yn ôl yn yr Adelphi gyda dogfen dair tudalen ar Heinrich Svenson, un o farwniaid pornograffi Sweden a gŵr oedd yn berchen ar fusnesau cyhoeddi amheus lled-led y byd. Roedd ganddo ddalen arall hefyd ar Gymro o'r enw Harri Nantlle-Roberts.

PENNOD 9

RHYW dridiau y parodd y siarad yng Nghrychlyn am y cyfarfod cyhoeddus. Pan ledaenwyd y stori fod Tom Saer yn gwrthwynebu, ac mai o'i anfodd yr oedd Padi'n gadael Rhif Dau, roedd y farn boblogaidd yn troi yn erbyn y datblygiad ac yn erbyn Winstone Mason.

Roedd y sibrydion wedi cychwyn hefyd fod geir- iau Tracey'n wir a bod y cyfarfod wedi'i alw ar frys am fod Winstone yn gwybod y byddai Padi a Tom yn Lerpwl, ond y sgandal oedd yn ysgwyd tafodau'r fro oedd fod Tracey a Padi yn cyd-fyw, a hynny'n groes i ddymuniadau Winstone a Harriet.

Dyna fuasai testun y drafodaeth gydol y nos yn y Leion ac, am un ar ddeg, bu'n rhaid i Dave alw amser gan mor danbaid y dadlau. Byddai rhywun yn sicr o fynd dros ben llestri pe bai'n parhau ar agor, ac efallai y câi Hefin Prichard Plisman ei alw.

Waldiodd y gloch bres orau gallai.

"Adra rŵan, hogia! Cym on . . . plis!?"

O un i un, gwagiodd y dafarn ac, ymhen rhyw hanner awr, teyrnasodd tawelwch unwaith eto uwchben Crychlyn. Fesul un ac un diffoddodd y goleuadau'n y cartrefi hefyd ac, ar wahân i ambell aderyn nos oedd yn edrych ar ffilm neu raglen arall ar ei deledydd, roedd y pentre cyfan yn cysgu.

Erbyn dau o'r gloch y bore prin bod mwy na

dyrnaid o bobl yn dal ar eu traed ac, ar wahân i'r prif oleuadau yn y stryd fawr, roedd pobman yn dywyll. Yn dywyll ac yn dawel.

Rhyw hymian pell oedd o i ddechrau ond, yn araf bach, daeth y sŵn yn nes ac yn nes at weithdy Tom Bach Saer. Grŵn peiriant moto-beic ysgafn oedd o yn cael ei yrru mor dawel ag oedd bosib trwy'r pentre. Roedd y gyrrwr yn gwisgo dillad lledr, duon, ac roedd helmed ar ei ben. O boptu'r sedd gefn, roedd dau fag lledr du.

Arhosodd ger y gweithdy a diffoddodd y gyrrwr olau'r beic. Gadawodd yr injan i redeg yn dawel. Cododd feisor ei helmed ac edrychodd o'i amgylch. Roedd pobman yn dawel. Arhosodd felly am funud crwn, cyfan cyn agor un o'r bagiau oedd ar gefn ei feic. Tynnodd dùn ohono. Arhosodd. Sŵn car! Swatiodd yn dynn yn y wal. Car plisman! Ond roedd Hefin Prichard â'i feddwl ymhell wrth yrru drwy'r pentre. Welodd o mo'r cysgod du na'r moto-beic.

Roedd yna frys rŵan. Daeth y gŵr o'r cysgodion a cherddodd at gwt y saer a thaflodd gynnwys y tùn hyd du blaen ac ochr y gweithdy. Pan oedd y tùn yn wag, sychodd ef yn ofalus â chadach, a'i ddychwelyd i'w fag.

O wal ar ochr y gweithdy estynnodd garreg run seis â'i ddwrn. Gafaelodd hefyd mewn potel yn llawn hylif oedd ym mag y beic. Agorodd y corcyn yn ofalus, a throchodd gerpyn yn yr hylif, cyn ei wthio i lawr gwddw'r botel. Gydag un ergyd â'r garreg, chwalodd un o gwareli'r ffenest ochr, ac ymhen chwinciad roedd wedi tanio'r cerpyn a thaflu'r botel drwy'r twll yn y ffenest. Roedd ar gefn ei feic a hanner can llath o'r gweithdy cyn i'r tafod tân cynta ffrwydro.

* * *

Dau oedd yn llosgi'r gannwyll y noson honno oedd Padi Trinkett a Tracey Mason. Roedd cegin gefn Rhif Dau fel swyddfa'r sir ar ddiwrnod lecsiwn. Roedd papurau ym mhob man, a Phadi yn sownd wrth ei gompiwtar yn y gornel yn teipio adroddiad.

Yn awr ac yn y man stopiai. Darllenai eto yr hyn roedd o newydd sgwennu, yna deuai ffaith arall yn ôl i gof a byddai'n gweiddi:

"Tracey! Papur yna ar Svenson . . . oedd *address* dyn yn Wallasey arno fo?"

Tracey oedd yn gwybod ble roedd pob papur ac, wedi chwilio a chwalu yn y bwndel ar ben y gadair fach, aeth â fo i Padi.

"Hwn 'tisho?"

"Ia."

Ac felly, fesul gair, fesul brawddeg, fesul tudalen y lluniodd Padi'r adroddiad. Am chwarter i ddau, cododd dderbynnydd ei ffôn a deialodd rif Swyddfa'r Heddlu yn Llandre. Hefin Prichard Plisman oedd ar ddyletswydd.

"Gin i amlen i'r Prif Arolygydd Pugh . . . mae o'n bwysig iddo fo cael o."

"Fedrwch chi ddod â fo i mewn yn y bore?"

"Leciwn i i chi ddod i'w nôl o os yn bosib, mae a wnelo fo â llofruddiaeth Richard Williams y Foel."

Edrychodd Hefin Prichard ar ei wats. Dau o'r gloch! Ond roedd yna rywbeth yn llais y Gwyddel a wnaeth iddo benderfynu ar ei union.

"Mi ddo i rŵan . . . rhowch ddeng munud i mi."

* * *

Cysgwr ysgafn oedd Tom Bach Saer ac, fel petai greddf wedi dweud wrtho am ei baratoi ei hun at ddeffro, roedd o'n disgwyl y trwst wrth y drws ffrynt. Dim ond newydd glywed car yn dod i fyny'r Lôn Gul roedd o ryw ddeng munud ynghynt, ac yn dychwelyd wedyn i gyfeiriad Crychlyn.

Pan glywodd Tom y cnocio, roedd o'n gwybod yn iawn fod yna rywbeth mawr o'i le. Roedd Martha wedi deffro hefyd er nad oedd hi wedi dyddio yn iawn eto. Aeth ias drwyddo wrth geisio dyfalu beth oedd yn bod. Roedd hi'n amlwg oddi wrth ddwyster ac amlder y cnocio fod newyddion drwg yn ei aros.

"Be sy, Tom?" galwodd Martha'n ofnus.

"Wn i ddim . . . "

Gwisgodd ei gôt nos, ac aeth i lawr y grisiau. Agorodd y drws ffrynt. Yn ei wynebu roedd Hefin Prichard Plisman.

"Feri bad niws, Tomos Ellis . . . eich cwt chi . . . gin i ofn 'i fod o wedi llosgi'n ulw."

Petai gordd wedi ei daro yn ei dalcen, ni fyddai'r effaith ar Tom wedi bod yn wahanol. Syrthiodd yn ei ôl wysg ei gefn, a thrawodd cefn ei ben yn galed ar un o'r grisiau isaf. Roedd Martha'n dod i lawr y grisiau pan welodd ei gŵr yn cwympo. O fewn eiliadau roedd hi a'r plisman yn cyrcydu yn ei ymyl, a Hefin Prichard Plisman yn ei droi oddi ar ei gefn ac yn ei ymgeleddu.

"Dowch a fo i'r parlwr," llefodd Martha Ellis.

"Gadwch o lle mae o," meddai'r plisman. "Ffoniwch am ambiwlans, ac ewch i nôl planced neu dop côt go drom."

Clywodd Martha'r awdurdod yn llais y plisman. Ufuddhaodd. Y tebygrwydd oedd y gwyddai yn union beth roedd yn ei wneud. Aeth i'r gegin i ffonio, ac yna i'r llofft i nôl y garthen goch.

Gwraig dawel a bonheddig fuasai Martha Ellis gydol ei bywyd, heb fawr ddim erioed wedi'i chynhyrfu. Go brin y gallai unrhyw un ei chofio'n codi'i llais na cholli'i thymer. Yr unig adeg y cofiai neb iddi ymddwyn yn wahanol i'w hunan siriol oedd adeg marw Gron Bach, ond yn awr yr oedd tu mewn Martha Ellis yn corddi. Doedd hi ddim wedi cynhyrfu pan welsai Tom yn syrthio. Roedd hi'n ymwybodol bod rhaid iddi fod yn hunanfeddiannol, ond pan gafodd ychydig funudau i ystyried yr hyn oedd wedi digwydd, roedd cyhyrau'i stumog yn cloi gan gynddaredd.

Doedd dim rhaid i Tom fod wedi syrthio. Newyddion y plisman a'i bwriodd, a doedd gan neb achos i niweidio Tom, dim ond y giwed felltith yna oedd am ddatblygu Crychlyn Uchaf. Ai ateb Winstone Mason i Tom oedd difa'i fywoliaeth? Mae'n rhaid bod cysylltiad. Ni fedrai yn ei byw feddwl am neb arall a wnâi'r fath anfadwaith. Ac onid oedd Tom ei hun wedi ei rhybuddio am ffrindiau busnes Winstone Mason? Beth oedd ei eiriau hefyd? Pobol ddrwg a phobol beryg.

I geisio'i thawelu'i hun, aeth i weld Tom. Roedd y plisman yn dal i geisio'i ddadebru, ond yn ofer. Aeth yn ei hôl i'r gegin fach i daro'r teciall ar y tân. Roedd yn rhaid iddi wneud rhywbeth.

Pan gyrhaeddodd yr ambiwlans, roedd criw bych-an wedi ymgynnull y tu allan i Rif Pedwar. Roedd Tracey wedi cyrraedd hefo Padi, ac roedd Harriet a Winstone Mason wedi clywed y cnocio hefyd. Padi oedd yr unig un ddaeth ati i'r tŷ.

"Martha Elis, ewch chi hefo Tom i'r ysbyty, mi ofala i am y tŷ i chi."

Gosodwyd Tom ar stretshar, a dilynodd Martha Ellis ef tuag at yr ambiwlans. Camodd Winstone Mason yn ei flaen.

"Martha Ellis . . ." dechreuodd.

Collodd Martha arni'i hun yn lân. Gafaelodd yn y peth agosa ati, sef pot blodau pridd a hyrddiodd ef tuag at y Cynghorydd.

"Dyn drwg ydych chi!" hysiodd gan gychwyn am-dano.

Trawodd y pot Winstone yn ei ben-glin, a phe na bai Padi a Tracey wedi gafael yn Martha Ellis a'i llusgo i gefn yr ambiwlans, diau y byddai gan y Cynghorydd fwy nag un clais erbyn canol y bore. Sibrydodd Padi yng nghlust Martha:

"Mae Tom eich angen chi rŵan, Martha."

Caeodd y drws a sgrialodd yr ambiwlans i lawr y ffordd. Yn araf aeth Padi at ddrws ffrynt Rhif Pedwar. Wrth ei basio edrychodd yn hir a bwriadol i fyw llygaid Winstone Mason, ac ysgydwodd ei ben yn araf. Yna aeth i dwtio'r cyntedd.

* * *

Tra gorweddai ar ddi-hun yn ei wely, roedd Winstone Mason wedi cynhyrfu'n lân. Roedd o'n berwi o'i fewn a'i galon yn curo fel gordd. Be oedd yn mater ar Martha Ellis? Doedd o ddim wedi gwneud dim byd allan o'i le? Dim ond mynd yno fel cymydog ddaru o? A'i unig drosedd oedd bwriadu holi am gyflwr Tom Bach Saer.

Aeth dros ddigwyddiadau'r dyddiau diwetha unwaith eto. Roedd hi'n wir ei fod o a Tom Bach Saer wedi cael ffrae lled gyhoeddus. Roedd hi'n wir fod y ffrae honno wedi parhau a bod Tom wedi dweud na fyddai'n symud allan o'r tŷ. Roedd hi'n wir ei fod o, Winstone, wedi ffonio Roderick Jones a Harri Nantlle-Roberts i ddweud fod pethau wedi gwaethygu, ond roedd o hefyd wedi pwysleisio mor agos roedd o i gael y caniatâd cynllunio, ond roedd i unrhyw un geisio dweud mai fo, Winstone, a'i bartneriaid oedd yn gyfrifol am y tân . . .

Ac eto, roedd yna rywbeth ynglŷn â Harri Nantlle-Roberts a Roderick Jones. Rhywbeth na allai cweit roi ei fys arno. Ond tanio Cwt Tom Bach Saer? Nefar!

"Iesu! Does yna ddim llonydd i'w gael!"

Unwaith yn rhagor y bore hwnnw tarfwyd ar feddyliau Winstone Mason gan sŵn cnocio. Bu am beth amser yn ceisio dirnad o ble y deuai. Yna clywodd lais Nyrs Edwards.

"Mrs Jones! Ydych chi yna?"

Cododd o'i wely ac wedi gwisgo'i gôt nos, aeth i lawr y grisiau ac allan trwy'i ddrws ffrynt. Roedd Nyrs Edwards yn cnocio'n ffyrnig ar ddrws Rhif Un.

"Mae yna rywbath wedi digwydd, Mr Mason!"

"Sut gwyddoch chi?"

"Mae hi wedi codi yr amsar yma fel arfar, ond . . ."

"Ond be?"

"Rydw i wedi trio sbio drwy'r twll llythyra, ac mae yna ogla . . ."

"Ogla? . . . Ogla be?"

"Dwi'n meddwl y dylien ni ffonio am yr heddlu."

Am y trydydd tro y bore hwnnw, nododd Hefin Prichard ar ei lòg iddo alw yng Nghrychlyn Uchaf, y tro hwn am wyth o'r gloch. Rhoddodd ei ysgwydd yn erbyn y drws a gwthiodd. Y trydydd tro chwalodd y clo ac agorodd y drws.

Dau gam gymerodd cyn dod yn ei ôl. Roedd yr arogl yn rhy gryf iddo. Rhoddodd hances dros ei drwyn a'i geg ac aeth yn ei ôl i'r tŷ.

Roedd Magi mor farw â hoel yn y gadair bren. Roedd y gadair a hithau wedi syrthio ar eu hochrau, ond roedd y greadures wedi glynu yn ei baw i'r gadair.

* * *

Roedd y Prif Arolygydd yn llawn chwilfrydedd. Roedd o wedi derbyn post y bore fel pob bore arall, ac wedi sylwi ar unwaith ar yr amlen frown oedd wedi'i chyfeirio yn benodol ac yn bersonol ato fo. Roedd neges frys gan Hefin Prichard arni yn nodi mai oddi wrth Paddy Trinkett y daethai, a bod a wnelo hi â llofruddiaeth Richard Williams.

Dogfen bymtheg tudalen oedd yn yr amlen yn amlinellu bwriad cwmni o Sweden i godi stiwdio'n cynhyrchu fideos pornograffig yng Nghrychlyn. Soniai am un Heinrich Svenson, brenin pornograffi o Sweden, yn gyfarwyddwr ar gwmni Cymreig gyda Harri Nantlle-Roberts a Roderick Jones. Nodai fod

Svenson ar ffeiliau Interpol.

Aeth ias i lawr ei asgwrn cefn. Roedd ei galon wedi llamu pan welodd yr enw. Svenson! Dyna'r enw a ddaeth i law iddo yntau oddi wrth Interpol. Enw'r gŵr oedd piau'r swyddfeydd a ffoniwyd o'r ciosg ger Coed Crychlyn. Ond beth ar y ddaear oedd y cysylltiad?

Soniai am fwriad i ddefnyddio ardal goediog i gynhyrchu ffilmiau pornograffig yn yr awyr agored. Soniai ymhellach am fwriad i sianelu arian cyhoeddus tuag at adeiladu stiwdio foethus yng Nghrychlyn a fyddai'n cael ei phrynu'n rhad gan Svenson ymhen tair blynedd . . . soniai am gynghorydd gafodd y gwaith o brynu'r safle, soniai am wrthwynebiad Richard Williams y Foel i werthu'r goedwig, a Thomas Ellis i adael ei gartref. Soniai am symiau o arian dalwyd i uchel swyddog o'r Cyngor Dosbarth . . . soniai am *hit-man* oedd gan Svenson yn byw yn Wallasey . . . roedd ei enw yntau ar ffeil Interpol.

Chwibanodd Pugh yn uchel. Tynnodd ei sbectol oddi ar ei drwyn, estynnodd ei getyn a thanio catiad. Bu'n smocio a syllu'n hir drwy'r ffenest. Roedd y cyfan yma'n clymu'n daclus gyda'r wybodaeth a gawsai o Norrköping. Ond ychydig iawn o brawf oedd yn y ddogfen. Damcaniaeth anuniongyrchol yn hytrach na thystiolaeth gadarn oedd yna, ac eto . . . Dim ond un lle oedd yna i ddechrau. Gyda Svenson, a'r *hit-man* yn Wallasey. Ymhen hir a hwyr, rhoddodd ei getyn o'r neilltu a chododd y ffôn.

"Pencadlys . . . y Prif Gwnstabl," meddai.

PENNOD 10

YSBYTY. Pobl. Prysurdeb. Mynd a dŵad. Pobl.
Glendid ac ogla. Olwynion. Cadeiriau ar olwynion.
Ogla. Troliau ar olwynion. Pobl. Coridorau di-
ddiwedd, fel twneli golau yn arwain i ogofâu. Pob
ogof yn llawn gofid. Pob ogof yn llawn ogla. Roedd
yn gas gan Padi ysbytai.

Doedd ganddo ddim syniad beth i fynd i'w ganlyn
i Tom Bach Saer, felly dewisodd un o nofelau
Daphne du Maurier a gawsai gan ei fam pan oedd
yn iau.

Pan gyrhaeddodd wely Tom, gafaelodd panig
ynddo. Gwyddai yn syth fod rhywbeth mawr yn
bod ar Tom.

Roedd o wedi cael yr un teimlad flynyddoedd
lawer ynghynt pan fu farw'i dad. Buasai dramor am
fis, ond fe'i gwysiwyd adre. Ceisiodd ei fam ei
rybuddio am y dirywiad cyn iddo fynd at erchwyn y
gwely, ond roedd y sioc o'i weld bron â bod yn
ormod iddo. Roedd yr un olwg ar wyneb Tom Bach
Saer.

"Sut dach chi, Tom?"

Agorodd y llygaid a gwenu. Ond nid llygaid Tom
Bach Saer oedden nhw. Llygaid anifail gwyllt wedi
ei gaethiwo oedden nhw. Roedden nhw'n llawn
bywyd. Roedden nhw'n gwibio o un pen y ward i'r
llall. Roedden nhw'n chwilio am adwy i ddianc.

Roedden nhw'n gwybod hefyd nad oedd dianc i fod. Yna, am ennyd, ymlonyddent.

"Padi! . . . diolch . . . i . . . ti am . . . ddod."

Pesychodd Padi. Pesychiad nerfus. Doedd o ddim yn siŵr beth i'w ddweud. Estynnodd y llyfr a ddaethai i'w ganlyn. Trodd ef rownd a rownd ei fysedd a'i ddwylo.

"Os byddwch chi'n teimlo fel darllen . . ."

Doedd o ddim yn gwybod sut i orffen ei frawddeg. Yna meddyliodd am seiadau Tom Bach Saer ac meddai:

"Mae Daphne du Maurier yn medru disgrifio bron iawn cystal â Cynan!"

Teimlai'n ffŵl y munud yr ynganodd o'r geiriau. Doedd Tom ddim isho trafod llenyddiaeth ac yntau ar ei wely angau!

"Padi . . . ddaw hi byth i'r un cae, washi!"

Ac ysgydwodd yr hen ŵr dan chwerthin. Gydag ymdrech ac ochenaid, troes Tom ac ymbalfalodd yn ei ddrôr am rai eiliadau. Pan drodd yn ôl, gwelodd Padi fod ganddo rywbeth gloyw yn ei law.

"Padi," meddai. "Wnei di ddim anghofio smôc Gron Bach yn' na wnei?"

Gwenodd Padi, ac ysgydwodd ei ben.

"Na, wna i dim anghofio smôc Gron Bach, Tom. A wnewch chitha ddim 'chwaith! . . . ychydig wythnosau ac mi fyddwch chi'n d'ôl yng Nghrychlyn Ucha . . ."

"Dwi wedi 'nhaflu yma ac acw gan donnau'r byd, Padi Bach, ond mae gen i graig go sownd i roid fy nhraed arni rŵan."

Doedd Padi ddim yn deall, a doedd ganddo ddim calon i holi. Rhywsut roedd o'n gwybod nad oedd hynny'n beth priodol i'w wneud.

Estynnodd Tom y bocs iddo. Ei focs baco.

"Rhywbath i chdi gofio, Padi. Rhywbath i chdi sbio arno fo weithia. Rhywbath i gofio . . ."

Wyddai Padi ddim beth i'w ddweud. Gafaelodd yn y bocs ac edrych yn hir arno, yna gafaelodd yn llaw Tom a gwasgodd hi. Clywodd y mymryn ymateb yn llaw'r saer ond, pan edrychodd i'w wyneb, roedd y llygaid wedi cau, a'r ymdrech bron wedi bod yn ormod iddo. Cododd i adael.

"Diolch, Tom," meddai. "Mi alwa i eto."

Doedd o ddim yn siŵr a oedd Tom wedi clywed. Roedd o'n edrych fel petai wedi llithro i drwmgwsg. Roedd Padi eisiau dianc. Eisiau gadael yr ysbyty, a'r arogl. Roedd o eisiau dianc o sawr angau.

* * *

Mewn tŷ teras yn Wallasey, roedd gŵr â llodrau lledr yn gorwedd yn ôl yn braf ar ei soffa. Roedd can o gwrw yn ei law a'i foto-beic yn saff yn y sied tu ôl i'r tŷ.

Roedd o wedi ffonio Svenson, ac roedd y pres, bron i ddwy fil o bunnau, ar ei ffordd. Byddai'n cyrraedd ymhen tridiau.

Fe glywodd y sŵn bychan y tu allan i'r drws cefn, ond feddyliodd o ddim mwy nad cath oedd yno. Y funud nesa, fodd bynnag, roedd ysgwydd a chorff deunaw stôn lwmp o blisman yn hyrddio drwy'r drws . . .

* * *

Wedi ymadawiad Padi, bu Tom yn cysgu am ys-baid. Pan ddeffrôdd, bu'n syllu'n hir ar y gadair lle bu Padi'n eistedd. O bryd i'w gilydd ymrithiai Padi o'i flaen. Roedd o'n dal yno, weithiau, yn eistedd yn gwmpeini iddo.

"Marw"

"Marw"

"Marw" meddai'r trydydd tro wrtho'i hun.

Roedd o wedi ynganu'r gair filoedd o weithiau yng nghwrs y blynyddoedd, ond heddiw, brynhawn heddiw, rŵan, y funud hon roedd o'n swnio'n wahanol. Roedd o'n swnio'n wahanol am ei fod bellach yn perthyn yn agos iddo fo'i hun. Nid per-thyn i Ellen Parry Hen Dŷ, neu Wmffra Davies y Co-op, neu Sais syrthiodd ar yr Wyddfa, na hyd yn oed i Gron Bach. Roedd 'marw' yn berthnasol rŵan iddo fo, Thomas Samuel Ellis, 57 mlwydd oed, Rhif Pedwar Crychlyn Uchaf, Crychlyn, Gwynedd. Dyn oedd wedi rhoi cannoedd dan y dywarchen, rŵan ar fin mynd dani ei hun.

I ble'r âi Martha os câi Winstone Mason ei ffordd? Pwy fyddai'n troi'r corff heibio? Yn ei folchi a'i wisgo am y tro ola? Pwy wnâi'r arch a'r plât? Fyddai Martha'n cofio nad oedd o eisiau arch barod? Dim coed *Weetabix*? Pwy fyddai ar ôl i gofio Gron Bach? Pwy fyddai'n edrych i'r machlud ac yn cofio?

Sylweddolodd yn sydyn ei fod yn dal i edrych ar gadair Padi. Gwenodd. Roedd y cochyn yn dal yno. Roedd Padi hefo fo hyd y diwedd.

"Mi gofi di, Padi," sibrydodd. "Mi fyddi di'n dallt, Padi."

* * *

Doedd Padi ddim yn adnabod y gnoc. Doedd dim o awdurdod Winstone Mason ynddi, doedd hi ddim mor frysiog â chnoc Tracey.

"Rhywun diarth, felly," mwmianodd wrtho'i hun wrth godi i agor y drws.

Martha Ellis oedd yno, yn gwenu ac yn ysgwyd ei phen. Ond nid gwenu roedd hi. Ceisio cadw cow ar ei theimladau roedd hi. Fe wyddai Padi'n iawn beth oedd ei neges.

"Dowch i mewn, Martha."

Tywysodd hi i'r gegin. Estynnodd y gadair esmwyth iddi.

"Roedd rhaid i mi ddŵad i ddeud, Padi."

Doedd hyn ddim yn hawdd, ond fe wyddai Padi bod rhaid cymell y geiriau. Byddai'n well wedyn.

"Deud be, Martha Ellis?"

"Ma' Tom . . . ma' Tom wedi . . . marw."

Llyncodd Padi ei boer. Roedd o wedi ceisio paratoi ei hun at hyn. Meddwl ymlaen llaw beth roedd o'n mynd i'w ddweud. Ond doedd dim geiriau yn dod. Aeth at Martha Ellis, gafaelodd yn dyner am ei hysgwydd a rhoes gusan ysgafn iddi ar ei boch.

"Padi, roedd gan Tom feddwl mawr ohonach chi."

"Roedd gen inna feddwl mawr o Tom hefyd."

"Dwi'n gwybod hynny, Padi, ond roedd Tom yn siarad amdanoch chi fel 'enaid hoff cytûn'."

"Robert Williams Parri!"

"Dyna pam roedd gynno fo gymaint o feddwl ohonach chi, roeddach chi a fo ar yr un donfedd."

"Rydw i wedi dysgu lot . . . wedi dysgu pob dim gin Tom."

Oedodd Martha Ellis am ennyd, fel pe bai'n mesur a phwyso sut i fynd yn ei blaen.

"Ddaru Tom sôn wrthach chi o gwbwl am Gron Bach?"

"Dim llawer. Mi wyddwn i eich bod chi wedi colli mab, ac mi wyddwn i fod hynny weithiau yn boen iddo . . ."

"Ddaru o ddim deud wrthach chi am yr arch?"

"Yr arch?"

"Arch Gron Bach."

Ysgydwodd Padi ei ben.

"Dyna 'lladdodd o 'chi. Roedd y cwt yna'n golygu popeth iddo fo. Llosgi'r cwt 'lladdodd o."

Beth oedd hi'n ceisio'i ddweud?

"Dwi ddim yn deall."

Aeth Martha yn ei blaen.

"Pan fuodd Gron Bach farw, mi ddaru Tom gloi ei hun yn y cwt am bron iawn i ddau ddiwrnod. Mi fuo fo'n g'neud arch i Gron Bach . . . Tasach chi'n gweld yr arch, Padi. Bobol bach, tasach chi ond wedi gweld arch Gron Bach. Roedd hi'n union fel tasa Tom wedi deud wrth Duw, 'Diolch am 'i fenthyg o, dyma fo'n ôl i Chdi, ac mi 'gwisga i o ora medra i.' Dyna ffordd Tom o ddeud diolch . . . Padi Bach, roedd o wedi cerfio bwa a saeth, pêl, cleddyf, hoff deganau Gron Bach i gyd, roedd o wedi'u cerfio nhw, roeddan nhw yno i gyd ar gaead yr arch."

Cododd Padi o'i gadair.

"Mi wna i banad i ni, Martha Ellis . . . cariwch chi ymlaen."

"Mi fynnodd Tom roi Gron Bach yn yr arch ei hun, ac wedi gosod yr arch ar y tresls yn y parlwr ffrynt, a'i chau hi, mi fuo fo'n iro'r caead . . . rhwbio

a rhwbio nes oedd y chwys yn tasgu oddi ar ei dal-
cen o. Roedd o wrthi mor ffyrnig nes buodd rhaid i
mi afael ynddo fo, ac ymbil arno fo i roi'r gorau
iddi. Anghofia i fyth yr olwg oedd ar ei wynab o . . .
y chwys, y dagrau, a'r olwg o anobaith llwyr yn ei
lygaid o.

Oedodd Martha Ellis. Roedd Padi eisiau dweud
rhywbeth, ond fedrai o yn ei fyw ddweud dim.
Roedd hi'n amlwg fod hyn oll wedi bod yn corddi
ym mherfedd Martha Ellis ers blynyddoedd meith-
ion ac nad oedd hi wedi cael cyfle i fwrw'i bol o
gwbl. Penderfynodd Padi mai'r peth doethaf oedd
aros yn dawel nes iddi ddod ati'i hun. Aeth rhagddo
i wneud y coffi a disgwyliodd i Martha Ellis ail-
gychwyn. Ni fu hynny'n hir.

"Ar blât yr arch, o dan enw Gron Bach, roedd o
wedi sgwennu brawddeg, ac mi fues i'n hir iawn yn
ei dallt hi . . . roedd o wedi sgwennu 'Un mab oedd
degan i mi.' Doeddwn i ddim yn dallt, ac roedd gen
i ofn gofyn . . . dyna'r unig dro erioed iddo fo
wneud un dim heb ofyn i mi yn gynta, roeddan ni'n
trafod pob dim . . .

Oedodd Martha Ellis eto. Estynnodd Padi y coffi
iddi. Wedi cymryd llowciad, ailgychwynnodd.

"Mi fyddwn i yn ei weld o amball noson yn
darllan yr un hen lyfr drosodd a throsodd. Mi fydda
fo'n stopio darllan weithia, ac yn syllu i fyw llygad y
tân, yna wedi ysgwyd ei ben, mi fyddai'n ochneidio,
ac yn ailddarllan . . . Mi 'goris i'r llyfr un diwrnod
ac mi 'gorodd yn yr union dudalen roedd Tom yn 'i
darllan drosodd a throsodd . . . mi fûm i'n darllan a
darllan y ddalen yna . . . cerdd oedd hi gin fardd
oedd wedi colli'i fab. Rhaid fod Tom wedi ca'l cysur

183

o'i darllan hi . . . a dyna sut roedd hi'n dechra, Padi, 'Un mab oedd degan i mi.' Mi ddoth Tom drwadd a 'ngweld i'n darllan. Mi afaelodd o amdana i, a'r unig beth ddwedodd o oedd, nad ydi teganau na theimladau wedi newid dim ers canrifoedd.

Troes Martha Ellis ato, ac edrychodd i fyw llygaid Padi.

"Ydach chi'n dallt rŵan, Padi?"

* * *

Aeth Harri Nantlle-Roberts i'r cwpwrdd yng nghornel yr ystafell. Estynnodd ddau wydryn a photel o whisgi ohono. Tywalltodd ddau ddogn , un i bob gwydr. Estynnodd un i Rod.

"Trwch blewyn, Rod! Mi rydan ni o fewn trwch blewyn i fod yna!"

"Fasai hi ddim yn well i ni ohirio'r dathlu?"

"Ddim yn ôl be ddeudodd Elliott gynnau! Mi gafodd Ellis drawiad ar ei galon. Fedar o ddim byw mewn lle fel'na yn ei gyflwr o. Iechyd da!"

Chwarddodd Rod yntau. Blydi hel! Pum miliwn mewn tair blynedd! Roedd o'n bwriadu ymddeol o'r busnes yn syth, y munud y byddai'r stiwdio wedi'i gwerthu. Roedd o am ymddeol. Prynu tŷ efallai yn Ne Sbaen, Almería neu efallai Roquetas la Mar . . .

"Pum miliwn!" meddai'n uchel.

"*Ratio* pedwar i un cofia!"

"Be?"

"Mi rois i bedwar can mil i mewn, mi roist dithau gan mil, y *ratio* felly ydi pedwar i un. Ugian y cant i chdi, pedwar ugian y cant i mi."

Clywodd Rod y gwrid yn codi i'w foch.

"Ond . . ." cychwynnodd.

"Dim 'ond' ynglŷn â'r peth, Rod, mae o'n glir yn' tydi? Dyna roist ti i fewn yntê?"

"Ia, ond . . ."

"Dim 'ond', Rod . . ."

Llowciodd Rod gegaid helaeth o whisgi, a chlywodd yr hylif brown yn brathu'i wddf wrth iddo lithro i'w stumog. Y basdad iddo! Roedd o dan yr argraff mai hanner a hanner oedd hon, a bod Harri yn rhoi'r pedwar can mil rhag iddo fo orfod morgeisio'i gartref ac eiddo arall oedd ganddo, ond roedd hi'n amlwg nad dyna fwriad Harri. Roedd hi'n amlwg na fu hynny'n fwriad ganddo o gwbl.

"Dim ond y dechrau fydd hyn, Rod! Jyst gwatsha di fi, boi! Hon ydi'r ddêl orau wnes i 'rioed, ac mi fydd yna wyneba cochion y diawl tua amball i fôrdrwm ymhen tair blynadd. Dwi am symud 'sti. Symud i dde Ffrainc . . . Haul a môr . . ."

Daeth llais o'r ffôn ar ei ddesg.

"Mr Roberts! Rhywun i'ch gweld."

Pwysodd Harri fotwm:

"Pwy sydd 'na, Elin?"

"Rhyw Mr Pugh . . ."

" 'Sgynno fo 'pointment?"

"Nac oes, Mr Roberts."

"Fedra i mo'i weld o felly yn' na fedraf!"

Trodd yn ei ôl at Rod.

"Dyna 'di'r matar hefo pobl heddiw 'sti . . ."

Chafodd o ddim dweud gair pellach. Taflwyd y drws ar agor a daeth y Prif Arolygydd Pugh drwyddo, ac Elin yn protestio y tu ôl iddo.

"Ma'n ddrwg gin i, Mr Roberts, ond ma' gynno fo gerdyn plisman . . ."

* * *

Nôl yn Rhif Dau roedd Padi, er iddo noswylio'n gynnar, yn troi a throsi yn ei wely. Am y trydydd tro y noson honno bu'n rhaid iddo godi'r garthen oddi ar y llawr, gan mor aflonydd y cysgai. Roedd hi'n un o'r gloch y bore yn ôl y cloc. Gwnaeth un ymdrech arall i gysgu.

"Un mab oedd degan i mi."

Adroddodd yr un frawddeg drosodd a throsodd. Adroddodd hi yn uchel a gadawodd iddi gorddi yn ei feddwl am funudau meithion. Yn y diwedd ni fedrai aros yn hwy. Aeth i lawr y grisiau, ac i'w ges lledr. Estynnodd gyfeirlyfr y Coleg ohono, ac wedi ymbalfalu ymhlith yr enwau a sgrifenasai yn y cefn, cododd y ffôn a deialu.

Bu'n canu am bron i funud cyfan cyn i lais cysglyd ei ateb.

"H-h-h-elô?"

"Parri?"

"Ie . . . pwy sy 'na?"

"Paddy . . . Paddy Trinkett."

"Iesu, Padi! Be sy'n matar? Be s'ant ti 'ramsar yma o'r dydd? Arglwydd! Dim ond tri o'r gloch ydi hi!"

"Dwi jyst isho gofyn ffafr, Parri . . ."

" 'Ti mewn helynt?"

"Nac dw . . . wedi clywed lein o barddoniaeth . . ."

"Iesu mawr! Padi! . . . 'nghodi i am dri i ofyn am linell o farddoniaeth . . . !"

Anwybyddodd Padi ef.

"Un mab oedd degan i mi . . . "

Bu distawrwydd am ennyd y pen arall i'r ffôn. Fel

pe bai'n synhwyro fod rhywbeth o'i le, newidiodd agwedd Parri'n syth. Roedd ei frên fel compiwtar.

"Lewis Glyn Cothi," meddai. "Cywydd i'w fab, Siôn o'r Glyn . . . fuodd farw'n bump oed . . . un o gerddi mawr y bymthegfed ganrif . . . sut oedd hi'n mynd dywed? . . . 'Un mab oedd degan i mi' . . . ym . . . damia ddaw hi ddim . . . 'Un mab oedd degan i mi', rhwbath . . . 'gwae'i dad o'i eni' . . . cofio'i dysgu hi hefyd . . . aros di . . . mae yna damad 'ymbil â'i fam . . .' o ia . . . 'Afal pêr ac aderyn A garai'r gwas a gro gwyn; Bwa o flaen y ddraenen, Cleddau digon brau o bren. Ofni'r bib, ofni'r bwbach Ymbil â'i fam am bêl fach . . .' 'Na i ti fardd, Padi! . . . Mae hwnna'n bedwar cant oed ac mae o'r un mor ddealladwy heddiw . . . mae 'na gopi o'r cywydd yn yr *Oxford Book* . . . ond pam uffar wyt ti isho gwybod yr amsar yma o'r nos pwy sgwennodd o?"

Yn sydyn, sylweddolodd Parri nad oedd neb ar ben arall y lein.

PENNOD 11

O'R FOMENT y deffrôdd, fe wyddai Padi fod rhywbeth anarferol yn digwydd y diwrnod hwnnw. Bu am rai eiliadau yn ceisio troi a throsi'n ei feddwl beth oedd mor wahanol heddiw i unrhyw ddiwrnod arall. Yna cofiodd. Dydd angladd Tom Bach Saer.

Cododd yn gynnar, ac ymolchodd. Doedd o ddim awydd brecwast, ond fe wnaeth baned boeth o de iddo'i hun. Roedd o wedi gwisgo'i ddillad gwaith ar wahân i'w grys a'i dei. Roedd o wedi prynu crys gwyn a thei du.

Edrychodd drwy'r ffenest a gwelodd ei bod am fod yn ddiwrnod braf a phoeth. Syllodd yn hir drwy'r ffenest. Syllu i ardd drws nesa i lawr, yna i ardd Rhif Tri a Rhif Pedwar. Dyma gefn Crychlyn Uchaf.

Am ddiawl o stryd! Rhif Un: Magi Sent, dynes ddrewllyd a fagodd fab rhyfedd – y ddau ohonyn nhw bellach yn farw. Rhif Dau: hanner Sais a hanner Gwyddel newydd ddechrau cyd-fyw gyda merch nwydus, nwyfus Rhif Tri. Yn hwnnw roedd yna gynghorydd llwgr yn byw gyda'i wraig falch, ac yn Rhif Pedwar, angor y stryd, Tom Bach Saer yn ei arch, yn gadael gweddw gymen a dim olyniaeth.

Ac mi roedd yna bobol yn credu bod cadw Crychlyn Ucha yn bwysig i barhad y gymuned ac i barhad iaith! Pa fath bobol oedd y Cymry gwirion yma? Onid gwell fyddai gadael i Winstone Mason a'i gyfeillion gael eu ffordd? Edrychodd wedyn ar y llyfr agored ar y bwrdd, a'r cywydd fu'n corddi'i feddwl ers oriau.

Aeth allan, a cherddodd tuag at Rif Pedwar. Roedd haul cynnar y bore yn llosgi drwy'r brethyn ar ei gefn. Edrychodd ar y tai. Roedd hi'n rhy gynnar i drigolion Crychlyn Uchaf feddwl am godi. Camodd heibio i Rif Pedwar, a phwysodd ar y ffens. Ar y ffens hon y byddai Tom yn pwyso i gael smôc. 'Smôc Gron Bach' fel y byddai'n ei galw. Beth tybed wibiai drwy feddwl y saer wrth syllu o'i amgylch o'r fan yma? Oedd o'n gweld mwy na chadernid creigiau'r Foel? Mwy na thywyllwch yng nghrombil Coed Crychlyn a mwy na marw'r dydd ymhob machlud? Rhywsut, roedd o'n medru sugno maeth i fêr ei esgyrn o'r union fan yma. Be ar wyneb y ddaear roedd o'n ei weld ... beth roedd o'n ei deimlo?

Ac yna, am y tro cynta erioed, teimlodd Padi fod yna faich aruthrol wedi ei osod ar ei ysgwyddau. Dyna oedd geiriau ola Tom Bach Saer yn ei olygu. Y fo, Padi oedd y parhad. Doedd o ddim wedi deall hynny tan rŵan.

Wrth gwrs bod rheswm da dros gadw'r stryd. Roedd y rheswm hwnnw'n gorwedd yn ei arch.

Rhoddodd Padi ei law yn ei boced, a theimlodd dùn baco Tom Bach Saer. Daeth syniad gwirion sydyn i'w ben. Doedd o ddim wedi smocio ers deuddeng mlynedd ...

Mwy o lên cyfoes o'r Lolfa!

Llais y Llosgwr
DAFYDD ANDREWS

Pan losgir t $\hat{y}$ haf ar gyrion ei bentref genedigol, mae Alun Ifans, na fu erioed yn ŵr o argyhoeddiad cryf, yn penderfynu ymchwilio i'r achos er mwyn ysgrifennu erthygl ar gyfer *Y Cymydog*, papur bro'r ardal. Ond mae e'n derbyn galwadau ffôn bygythiol gan rywun sy'n gwrthwynebu ei gynlluniau. Wrth geisio darganfod cymhelliad y Llais ar y ffôn, mae Alun yn dysgu fod deunydd ffrwydrol yn ei gymeriad ef ei hun hefyd.

0 86243 318 5

Pris £5.95

Stripio
MELERI WYN JAMES

Casgliad o storïau tro-yn-y-gynffon gan awdur newydd ifanc. Mae'r straeon yn wreiddiol a dyfeisgar a'r diweddglo bob tro yn rhoi ysgytwad i'r darllenydd.

0 86243 322 3

Pris £4.95

Titrwm

ANGHARAD TOMOS

Nofel anarferol sy'n llawn dirgelwch. Clymir y digwyddiadau at ei gilydd yn un gadwyn dyngedfennol sy'n arwain at anocheledd y drasiedi ar y diwedd. Adroddir y cyfan mewn iaith llawn barddoniaeth sy'n cyfareddu'r darllenydd.

0 86243 324 X

Pris £4.95

Samhain

ANDRAS MILLWARD

Nofel ffantasi i'r arddegau a'i thema ganolog yw'r frwydr oesol rhwng da a drwg. Y llinyn sy'n cysylltu'r brwydrau niferus yw ymgais Elai i ddod o hyd i'w wreiddiau a datgelir y gwirionedd iddo yn ei frwydr olaf yn erbyn Samhain.

0 86243 319 3

Pris £3.95

Cyw Haul

TWM MIALL

Argraffiad newydd o un o'n nofelau mwyaf poblogaidd. Breuddwyd Bleddyn yw rhyddid personol: un anodd ei gwireddu mewn pentref gwledig ar ddechrau'r saithdegau . . .

0 86243 169 7

Pris £4.95

Cardinal Ceridwen

MARCEL WILLIAMS

Sut y daeth brodor o Gwmtwrch i fod yn Tysul y Cyntaf, pab a phennaeth Eglwys Rufain? Mae'r ateb yn y byd gwallgof, digrif, cnawdol-ysbrydol a bwriadol sioclyd a ddisgrifir yn y nofel hon. Ynddi cyfunir stori afaelgar, dychan ac adloniant pur.

0 86243 303 7

Pris £4.95

DIM OND detholiad bach o rai llyfrau diweddar a welir yma. Mae gennym raglen lawn a chyffrous o nofelau a storïau newydd wrth gefn: gwyliwch y wasg am fanylion. Am restr gyflawn o'n holl gyhoeddiadau cyfredol, mynnwch gopi o'n Catalog newydd, sgleiniog, lliw llawn!

TALYBONT
CEREDIGION
SY24 5HE
ffôn (0970) 832 304
ffacs 832 782